Bianca

D1240806

FRUTO DE LA VENGANZA

JENNIE LUCAS

HARLEQUIN™

Editado por Harlequin Ibérica.
Una división de HarperCollins Ibérica, S.A.
Núñez de Balboa, 56
28001 Madrid

I.S.B.N.: 978-84-687-9956-8
Depósito legal: M-15497-2017
Impresión en CPI (Barcelona)
Fecha impresion para Argentina: 5.2.18
Distribuidor exclusivo para España: LOGISTA
Distribuidores para México: CODIPLYRSA y Despacho Flores
Distribuidores para Argentina: Interior, DGP, S.A. Alvarado 2118.
Cap. Fed./Buenos Aires y Gran Buenos Aires, VACCARO HNOS.

Capítulo 1

LETTY Spencer salió del restaurante de Brooklyn en el que trabajaba y bajó la cabeza para protegerse de la helada noche de febrero. Le dolía todo el cuerpo después de trabajar un turno doble, pero no tanto como el corazón.

No había sido un buen día.

Temblando bajo el raído abrigo, inclinó la cabeza para protegerse del helado viento que golpeaba su cara.

–Letitia –escuchó una voz ronca tras ella.

Letty irguió la espalda de golpe.

Ya nadie la llamaba Letitia, ni siquiera su padre. Letitia Spencer había sido la mimada heredera de Fairholme. Letty era solo una camarera de Nueva York que luchaba cada día para salir adelante.

Y esa voz sonaba como la de...

Apretando la correa del bolso, Letty se dio la vuelta lentamente.

Y se quedó sin aliento.

Darius Kyrillos estaba apoyado en un brillante deportivo negro. Los suaves copos de nieve caían sobre su pelo oscuro y sobre el elegante traje de chaqueta negro mientras la miraba, en silencio.

Letty intentó entender lo que veían sus ojos. ¿Darius? ¿Allí?

–¿Has visto esto? –había exclamado su padre por

la mañana, colocando el periódico sobre la vieja mesa de la cocina—. ¡Darius Kyrillos ha vendido su empresa por veinte mil millones de dólares! —estaba emocionado, con los ojos un poco vidriosos por los analgésicos y el brazo que se había roto recientemente sujeto en un cabestrillo—. Deberías llamarlo, Letty. Deberías hacer que te quiera otra vez.

Después de diez años, su padre había vuelto a pronunciar el nombre de Darius. Había quebrantado una regla no escrita. Y ella había salido de casa a toda prisa, murmurando que llegaba tarde a trabajar.

Pero le había afectado durante todo el día, haciendo que tirase bandejas y olvidase pedidos. Incluso había dejado caer un plato de huevos con beicon sobre un cliente. Era un milagro que siguiera teniendo un empleo.

No, pensó, incapaz de respirar. Aquel era el milagro. Ese momento.

«Darius».

Letty dio un paso adelante, con los ojos abiertos de par en par.

—¿Darius? —susurró—. ¿Eres tú de verdad?

Él se incorporó como un ángel oscuro. Podía ver su aliento bajo la luz de la farola, como humo blanco en la noche helada. Luego se detuvo, imponente, con el rostro en sombras. Casi esperaba que desapareciese si intentaba tocarlo, de modo que no lo hizo.

Entonces él la tocó.

Alargó una mano para rozar el oscuro mechón que había escapado de su coleta.

—¿Te sorprende?

Al escuchar esa voz ronca, con un ligero acento griego, Letty sintió un escalofrío. Y supo entonces que no era un sueño.

Su corazón se volvió loco. Darius, el hombre al que había intentado olvidar durante la última década. El hombre con el que había soñado contra su voluntad noche tras noche. Allí, a su lado.

–¿Qué haces aquí? –le preguntó, intentando contener un sollozo.

Él la miró de arriba abajo con sus ojos oscuros.

–No he podido resistirme.

No había cambiado en absoluto, pensó Letty. Los años que habían estado a punto de destruirla, a él no le habían dejado marca. Era el mismo hombre al que una vez había amado con todo su corazón cuando era una testaruda chica de dieciocho años atrapada en una historia de amor prohibido. Antes de tener que sacrificar su felicidad para salvar la de él.

Darius deslizó la mano por su hombro y Letty sintió su calor a través de la fina lana del abrigo. Estaba a punto de ponerse a llorar y preguntarle por qué había tardado tanto. Casi había perdido la esperanza.

Entonces vio que él miraba su viejo abrigo, con la cremallera rota, y el uniforme blanco de camarera que había sido lavado con lejía demasiadas veces y empezaba a deshilacharse. Normalmente solía llevar medias para evitar el frío, pero el último par tenía demasiadas carreras y aquel día iba con las piernas desnudas.

–No voy vestida para ir a ningún sitio...

–Eso no importa –la interrumpió Darius–. Venga, vamos.

–¿Dónde?

Él tomó su mano y, de repente, Letty dejó de sentir frío. Dejó de notar los copos de nieve cayendo sobre su cabeza porque había experimentado una descarga eléctrica desde el cuero cabelludo a las puntas de los pies.

–A mi ático, en el centro –Darius la miró a los ojos–. ¿Quieres venir?

–Sí –susurró ella.

Darius sonreía de una forma extraña mientras la llevaba hacia el brillante deportivo y abría la puerta del pasajero.

Letty subió al coche, inhalando el rico aroma de los asientos de piel. Aquel coche debía de costar más de lo que ella había ganado en la última década sirviendo mesas. Casi sin darse cuenta, pasó la mano sobre la fina piel de color crema. Había olvidado que la piel pudiera ser tan suave.

Darius se sentó a su lado y arrancó. El motor rugió mientras salían del humilde barrio para dirigirse a los más nobles de Park Slope y Brooklyn Heights, antes de cruzar el puente que llevaba a la zona más buscada por los turistas y los ricos: Manhattan.

Tragando saliva, Letty miró su fuerte muñeca cubierta de suave vello oscuro mientras cambiaba de marcha.

–De modo que tu padre ha salido de la cárcel –dijo él con tono irónico.

–Sí, hace unos días.

Darius se volvió para mirar su viejo abrigo y el deshilachado uniforme.

–Y ahora estás dispuesta a cambiar de vida.

¿Era una pregunta o una sugerencia? ¿Estaba diciendo que él quería cambiar su vida? ¿Sabría la razón por la que lo traicionó diez años atrás?

–He aprendido de la forma más dura que la vida cambia esté uno preparado o no.

Darius apretó el volante.

–Cierto.

Letty siguió mirando su perfil, como hipnotizada.

Desde las largas pestañas a la nariz aquilina o los labios gruesos y sensuales. Seguía creyendo que aquello era un sueño. Después de tantos años, Darius Kyrillos la había encontrado y la llevaba a su ático. El único hombre al que había amado en toda su vida...

–¿Por qué has venido a buscarme? ¿Por qué hoy, después de tantos años?

–Por tu mensaje.

Letty frunció el ceño.

–¿Qué mensaje?

–Muy bien –murmuró él, esbozando una sonrisa–. Como tú quieras.

¿Mensaje? Letty empezó a sospechar. Su padre había querido que se pusiera en contacto con Darius y durante los últimos días, desde que se rompió el brazo en misteriosas circunstancias que no quería explicarle, estaba en casa sentado frente a su viejo ordenador y tomando analgésicos.

¿Podría su padre haber enviado un mensaje a Darius, haciéndose pasar por ella?

Letty decidió que daba igual. Si su padre había intervenido solo podía agradecérselo.

Su padre debía de haberle revelado la razón por la que lo traicionó diez años atrás. De no ser así, Darius no le dirigiría la palabra.

Pero ¿cómo podía estar segura?

–He leído en el periódico que has vendido tu empresa.

–Ah, claro –murmuró él con tono helado.

–Enhorabuena.

–Gracias. Me ha costado diez años.

«Diez años». Esas simples palabras quedaron suspendidas entre ellos como una pequeña balsa en un océano de remordimientos.

Poco después llegaron a Manhattan, con toda su riqueza y su ferocidad. Un sitio que había evitado durante casi una década, desde el juicio de su padre, pensó Letty, con un nudo en la garganta.

–He pensado mucho en ti. Me preguntaba cómo estarías... esperaba que estuvieras bien, que fueras feliz.

Darius detuvo el coche en un semáforo y se volvió para mirarla.

–Me alegro de que hayas pensado en mí –dijo en voz baja, de nuevo con ese extraño tono. En la fría noche, los faros de los coches creaban sombras sobre las duras líneas de su rostro.

Eran las diez y el tráfico empezaba a aminorar. Se dirigían hacia el norte por la Primera Avenida, pasando frente a la plaza de las Naciones Unidas. Los edificios se volvían más altos a medida que se acercaban al centro. Darius giró en la calle Cuarenta y Nueve hacia la amplia Park Avenue, y unos minutos después llegaron a un rascacielos de cristal y acero de nueva construcción situado frente a Central Park.

Letty miraba de un lado a otro, asombrada.

–¿Vives aquí?

–He comprado las dos últimas plantas –respondió él con la despreocupación con la que cualquier otra persona diría: «He comprado dos entradas para el ballet».

La puerta del coche se abrió y Darius le entregó las llaves a un sonriente empleado que lo saludó respetuosamente. Luego dio la vuelta para abrirle la puerta y le ofreció su mano.

Tenía que saberlo, pensó, intentando disimular el estremecimiento que le provocó el roce de la mano masculina. De no ser así, ¿por qué habría ido a buscarla? ¿Por qué no seguía odiándola?

Darius la llevó a través de un asombroso vestíbulo con decoración minimalista y techos de siete metros.

—Buenas noches, señor Kyrillos —lo saludó el conserje—. Hace frío esta noche. Espero que vaya bien abrigado.

—Así es. Gracias, Perry.

Darius apretó su mano y Letty sentía como si estuviera a punto de explotar mientras abría la puerta del ascensor con una tarjeta magnética y pulsaba el botón de la planta número setenta.

Apretó su mano de nuevo mientras el ascensor los llevaba a su destino. Letty sentía el calor del cuerpo masculino al lado del suyo, a unos centímetros, y se mordió los labios, incapaz de mirarlo. Se limitaba a mirar los números en el panel mientras el ascensor subía y subía. Sesenta y ocho, sesenta y nueve, setenta...

Escuchó una campanita cuando se abrió la puerta.

—Después de ti —dijo Darius.

Mirándolo con gesto nervioso, Letty salió directamente a un ático de techos altísimos y él la siguió mientras la puerta del ascensor se cerraba silenciosamente tras ellos.

Las suelas de goma de sus zapatos rechinaban sobre el suelo de mármol mientras atravesaban el amplio recibidor, con una moderna lámpara de cristal en el techo. Letty torció el gesto, abochornada, pero en el hermoso rostro de Darius no había expresión alguna mientras se quitaba el largo abrigo. No encendió las luces y no dejó de mirarla.

El apartamento tenía dos plantas y pocos muebles, todos en color negro o gris, pero lo que más llamó su atención fue un ventanal de cristal que hacía las veces de pared en el enorme salón.

Mirando de derecha a izquierda podía ver el oscuro Central Park, los edificios situados frente al río Hudson y las luces de Nueva Jersey al otro lado. Al sur, los rascacielos del centro de la ciudad, incluyendo el Empire State, hasta el distrito financiero y el brillante One World Trade Center.

Aparte de las llamas azules que bailaban en la elegante chimenea, las luces de la ciudad eran la única iluminación.

–Increíble –murmuró, acercándose al ventanal. Sin pensar, se echó hacia delante para apoyar la frente en el cristal y mirar Park Avenue. Los coches y taxis parecían diminutos, como hormigas. Era un poco aterrador estar en un piso tan alto, cerca de las nubes–. Es precioso.

–Tú eres preciosa, Letitia –respondió él, con voz ronca.

Ella se volvió para mirarlo con más atención... y se llevó una sorpresa.

¿Por qué había creído que Darius no había cambiado?

Había cambiado por completo.

Con treinta y cuatro años, ya no era el joven delgado y alegre que había conocido, sino un hombre adulto, poderoso. Sus hombros eran más anchos, a juego con su elevada estatura, su torso impresionante. Su pelo oscuro, una vez desaliñado como el de un poeta, bien cortado y tan severo como su cuadrada mandíbula.

Todo en él parecía estrictamente controlado, desde el corte de su caro traje de chaqueta a la camisa negra con el primer botón desabrochado, los zapatos de brillante cuero negro o su imponente postura. Su boca había sido una vez expresiva, tierna y dulce, pero el rictus de arrogancia, incluso de crueldad, de sus labios era algo nuevo.

Era como un majestuoso rey en su ático, con la ciudad de Nueva York a sus pies.

Al ver su expresión, Darius apretó los labios.

–Letitia...

–Letty –dijo ella, intentando sonreír–. Ya nadie me llama Letitia.

–Nunca he podido olvidarte –siguió él en voz baja–. O ese verano en Fairholme...

Letty dejó escapar un gemido. «Ese verano». Bailando en la pradera, besándose, escapando de la curiosa mirada de los empleados para esconderse en el enorme garaje de Fairholme y llenar de vaho las ventanillas de los coches de colección de su padre durante semanas...

Había estado dispuesta a entregárselo todo.

Era Darius quien quería esperar al matrimonio para consumar su amor.

–No hasta que seas mi mujer –le había susurrado mientras se abrazaban, medio desnudos, jadeando de deseo en el asiento trasero de una limusina–. No hasta que seas mía para siempre.

Para siempre no había llegado nunca. El suyo era un romance ilícito, prohibido. Ella apenas tenía dieciocho años y era la hija del jefe. Darius, que tenía seis años más, era hijo del chófer de su padre, que se enojó como nunca al descubrir el romance. Furioso, había ordenado que Darius se fuera de la finca y durante una horrible semana habían estado separados. Y entonces Darius la llamó por teléfono.

–Vamos a escaparnos –le había propuesto–. Conseguiré un trabajo para salir adelante. Alquilaremos un estudio en la ciudad... cualquier cosa mientras estemos juntos.

Letty temía que eso arruinara su sueño de hacer fortuna, pero no fue capaz de resistirse. Los dos sabían que no podrían casarse porque su padre lo evitaría, de modo que planearon escapar a las cataratas del Niágara.

Esa noche Darius la esperó frente a la verja de Fairholme, pero Letty no apareció.

No había devuelto ninguna de sus frenéticas llamadas y al día siguiente convenció a su padre para que despidiese a Eugenios Kyrillos, que había sido su chófer durante veinte años.

Incluso entonces, negándose a aceptar la ruptura, siguió llamando hasta que Letty le envió un frío mensaje.

Solo estaba utilizándote para conseguir la atención de otro hombre. Es rico y puede darme la vida de lujo que merezco. Estamos comprometidos. ¿De verdad pensabas que alguien como yo podría vivir en un estudio diminuto con alguien como tú?

Con ese mensaje había conseguido su objetivo.

Pero era mentira. No había ningún otro hombre. A los veintiocho años, Letty seguía siendo virgen.

Durante todos esos años se había prometido a sí misma que Darius nunca sabría la verdad. No sabría que se había sacrificado para que él pudiera cumplir sus sueños sin sentirse culpable ni tener miedo. Aunque de ese modo se granjease su odio.

Pero Darius debía de haber descubierto la verdad. Era la única explicación posible.

–Entonces, ¿sabes por qué te traicioné hace diez años? –le preguntó, incapaz de mirarlo a los ojos–. ¿Me has perdonado?

–Eso ya da igual –respondió él con voz ronca–. Ahora estás aquí.

A Letty se le aceleró el corazón al ver el brillo de ansia de sus ojos.

–No puedes seguir... deseándome.

–Te equivocas –Darius, en un gesto increíblemente erótico, le quitó el bolso y el abrigo y los tiró al suelo de mármol–. Te deseaba entonces –afirmó, tomando su cara entre las manos– y sigo deseándote.

Letty, involuntariamente, se pasó la lengua por los labios y la mirada de Darius se clavó en su boca.

Enredando los dedos en su pelo, deshizo la coleta, dejando caer la larga melena sobre sus hombros.

Era mucho más alto que ella, más fuerte en todos los sentidos, y Letty sintió mariposas en el estómago, como si tuviera dieciocho años otra vez. Estando con él, la angustia y el dolor de los últimos diez años desaparecían como si hubiera sido un mal sueño.

–Te he echado tanto de menos... –murmuró Darius–. Solo sueño contigo...

Cuando puso un dedo sobre sus labios, el contacto provocó una descarga que viajó desde su boca hasta sus pechos. Saltaban chispas entre ellos en el oscuro ático.

Apretándola contra él, Darius inclinó la cabeza.

El beso era dominante y el roce de la barba masculina arañaba su delicada piel, pero Letty le devolvió el beso con impaciente deseo.

Un gemido ronco escapó de la garganta masculina mientras la empujaba contra la pared y, con una mano, desabrochaba los botones del uniforme. Letty cerró los ojos cuando descubrió el humilde conjunto de sujetador y bragas blancas.

—Eres preciosa —susurró mientras desabrochaba el sujetador, que cayó al suelo. Agachándose delante de ella, le quitó los zapatos blancos. Estaba casi desnuda, de pie frente al ventanal.

Darius se incorporó luego para besarla. Se apoderó de su boca como si quisiera marcarla y, casi sin darse cuenta, Letty empezó a desabrochar la camisa para tocar su piel. Acarició su torso cubierto de vello oscuro, temblando. Era como acero envuelto en satén, duro y suave a la vez.

Necesitaba desesperadamente apretarse contra él, sentirlo. Quería perderse en él...

Mientras la besaba, Darius pasaba las manos por sus hombros, sus caderas, sus pechos. Letty se sintió mareada y anhelante cuando la apretó contra la pared, besándola con salvaje deseo, mordiendo sus labios hasta hacerle daño.

Solo llevaba las bragas mientras que él estaba vestido, pero no le importó. Cuando inclinó la cabeza para acariciar sus pechos con los labios, Letty se agarró a sus fuertes hombros, gimiendo de gozo.

Darius envolvió un pezón con la boca y lo chupó con tanta fuerza que se le doblaron las piernas.

Pero entonces se apartó y Letty abrió los ojos, mareada. Abrió la boca para preguntar, pero antes de que pudiese hacerlo él la tomó en brazos para llevarla a un enorme dormitorio. También allí había un ventanal desde el que podía ver un bosque de rascacielos entre dos oscuros ríos, con sus iluminadas barcazas.

Manhattan brillaba en la oscura noche mientras Darius la tumbaba sobre la cama, con el rostro en sombras. Sin decir nada, se quitó la camisa y la dejó caer al suelo. Y Letty pudo ver por primera vez el ancho y poderoso torso, los fuertes bíceps, los abdominales marcados.

Después de quitarse el cinturón y los zapatos se tumbó a su lado para apoderarse de su boca. Letty sentía su deseo por ella, sentía su peso sobre ella. Darius la deseaba... le importaba...

Algo se rompió dentro de su corazón.

Estaba convencida de que su amor había muerto para siempre, pero nada había cambiado, pensó mientras enredaba los dedos en su oscuro pelo. Nada. Eran las mismas personas, aún jóvenes y enamoradas...

Darius la besaba lentamente sin dejar de acariciarla y Letty se estremeció, impotente. La besaba aquí y allá mientras rozaba con la punta de los dedos las bragas blancas de algodón.

–Eres mía, Letty –susurró–. Al fin.

Luego la aplastó con su cuerpo de una forma deliciosa, sensual. Letty deslizó los dedos por la cálida piel de su espalda, tocando sus músculos, su espina dorsal mientras él empujaba las caderas hacia delante para hacerle sentir lo enorme y duro que estaba por ella, provocando un torrente de deseo entre sus piernas.

Un segundo después tiró hacia abajo de las bragas, que desaparecieron en un suspiro. Darius se puso de rodillas sobre la cama y Letty contuvo el aliento, cerrando los ojos en la oscura habitación mientras él besaba tiernamente sus pies, sus pantorrillas, sus muslos.

Cuando metió las manos bajo su cuerpo para levantar su trasero, ella sintió que se derretía. Por fin, con agónica lentitud, inclinó la cabeza para colocarla entre sus piernas y besó el interior de sus muslos, primero uno, luego el otro. Letty sintió el aliento masculino rozando su parte más íntima e intentó apartarse, pero él la sujetó con firmeza.

Cuando la abrió con los dedos el placer era tan intenso que Letty dejó escapar un grito. Apretando sus caderas, Darius la obligó a aceptar el placer, acariciándola con la lengua, rozando el ardiente capullo escondido entre los rizos para lamerlo después, haciéndola suspirar.

Letty se olvidó de respirar, atrapada por el placer como una mariposa pinchada en un corcho. Sus caderas se movían involuntariamente y se agarró al edredón blanco porque temía salir volando.

Nunca había dejado de amarlo y Darius la había perdonado. La deseaba. También él la amaba...

Retorciéndose y jadeando de gozo, Letty explotó con un grito de pura felicidad que pareció durar para siempre.

De inmediato, él sujetó sus muñecas contra la almohada y se colocó entre sus piernas. Y, mientras ella seguía volando entre el éxtasis y la felicidad, la empaló despiadadamente.

Pero, cuando el enorme miembro masculino se hundió hasta el fondo, Letty abrió los ojos, dejando escapar un gemido de dolor.

Él se quedó parado cuando encontró una barrera que, claramente, no había esperado.

—¿Eras... virgen? —le preguntó, casi sin voz.

Ella asintió con la cabeza, cerrando los ojos para que no pudiese ver las traidoras lágrimas. No quería estropear la belleza de esa noche, pero el dolor la había pillado por sorpresa.

Darius se quedó inmóvil dentro de ella.

—No puede ser —dijo con voz ronca—. ¿Cómo es posible... después de tantos años?

Letty, con un nudo en la garganta, dijo lo único que podía decir; las palabras que había guardado durante diez años, pero que habían quemado en su corazón durante todo ese tiempo.

–Porque te quiero, Darius –susurró.

Capítulo 2

DARIUS la miró, perplejo. ¿Letitia Spencer era virgen?

Imposible. No se lo podía creer.

Pero sus palabras lo sorprendieron aún más.

–¿Cómo que me quieres? –repitió, con voz estrangulada.

Ella levantó sus grandes ojos, de un color pardo verdoso.

–Nunca he dejado de amarte –susurró.

Mirando su hermoso rostro ovalado, Darius sintió la fría quemazón de la rabia.

Una vez había amado tanto a Letitia Spencer que había pensado que se moriría sin ella. Había sido su ángel, su diosa. La había puesto en un pedestal e incluso había insistido en no hacer el amor porque quería casarse con ella.

El recuerdo hizo que apretase los dientes de ira.

Qué bajo había caído Letty. Aquel día le había enviado un correo, su primera comunicación directa desde que lo dejó plantado fríamente diez años antes, ofreciéndole su cuerpo a cambio de dinero.

Había intentado olvidar el mensaje durante toda la tarde, reírse de él. Había olvidado a Letty años antes y no estaba interesado en pagar cien mil dólares por tenerla en su cama esa noche. Él no pagaba por el sexo, eran las mujeres quienes lo buscaban. Modelos bellísimas compartían su cama por el precio de una simple llamada telefónica, pero la parte de él que aún no había superado del todo el pasado lo había empujado a verla por última vez.

Solo que en esa ocasión ella le suplicaría y sería él quien la rechazase.

Esa tarde, mientras firmaba los documentos de la venta de su empresa, una aplicación de mensajes a móviles con quinientos millones de usuarios en todo el mundo, a una multinacional de tecnología por veinte mil millones de dólares, apenas podía prestar atención a lo que decían sus abogados. En lugar de disfrutar del triunfo después de diez años de trabajo incansable, no podía dejar de pensar en Letitia, la mujer que una vez lo había traicionado.

Cuando todos los documentos estuvieron firmados, prácticamente salió corriendo de la oficina, alejándose de las palmaditas en la espalda y las felicitaciones. En lo único que podía pensar era en Letty y en su oferta.

Había intentado convencerse de que no debía hacerlo, pero, por fin, había ido al restaurante de Brooklyn a la hora en la que el mensaje decía que saldría de trabajar.

No tenía intención de acostarse con ella, se decía a sí mismo. Solo quería hacerla sentir tan pequeña y avergonzada como se había sentido él una vez. Verla humillada, verla suplicando que le diese placer.

Luego le diría que ya no la encontraba atractiva y le tiraría el dinero a la cara. Ella se marcharía avergonzada y durante el resto de su vida sabría que había ganado.

¿Qué le importaban a él cien mil dólares? No era nada y merecería la pena por ver su abyecta humillación. Después de su calculada traición, la venganza era mucho más atractiva que el sexo.

O eso había pensado.

Pero, por el momento, nada había ido según sus planes. Al verla en la puerta del restaurante su aspecto lo había dejado atónito. No parecía una buscavidas. Parecía como si quisiera ser invisible, sin maquillaje y con aquel ridículo uniforme de camarera.

Pero incluso así se sentía atraído por ella. Era tan sexy, tan femenina y cálida que cualquier hombre querría ayudarla, cuidar de ella. Poseerla.

Quería disfrutar de su venganza y se había permitido darle un beso.

Grave error.

Las suaves curvas de su cuerpo le habían hecho olvidar sus planes de venganza. Durante diez años había deseado a aquella mujer que estaba medio desnuda entre sus brazos, dispuesta a entregárselo todo.

De repente, solo había dos hechos importantes:

Se había vendido a sí misma.

Él la había comprado.

Entonces, ¿por qué no hacerla suya? ¿Por qué no disfrutar de ese cuerpo tan sensual y exorcizar su recuerdo de una vez por todas?

Letty le había mentido durante toda la noche, portándose como si fuera una cita romántica en lugar de una transacción comercial. Y eso lo había sorprendido.

Ella lo miró entonces con sus luminosos ojos pardos, con ese rostro encantador que no había sido capaz de olvidar.

—Di algo —murmuró, nerviosa.

Darius apretó la mandíbula. Después de su cruel traición, seguida de diez años de silencio, Letty decía que lo amaba. ¿Qué podía responder, «vete al infierno»?

Letitia Spencer, tan hermosa, tan traicionera. Tan venenosa.

Pero al menos entendía cuál era su objetivo. No solo estaba jugando por cien mil dólares. No. Esa noche solo era una muestra que, supuestamente, debía hacer que quisiera más.

Porque había visto su rostro cuando salía del restaurante. Estaba agotada de trabajar, agotada de ser pobre. Tal vez había sido su padre, recién salido de prisión, quien sugirió cómo podía cambiar sus circunstancias... convirtiéndose en la esposa de un millonario.

Debía de haber leído la noticia de la venta de su empresa en el periódico y había decidido que era hora de hacerse con una parte del botín. Casi podía disculparla. Llevaba manteniendo su virginidad todos esos años... ¿por qué no cambiarla por dinero?

Decía amarlo, pensó Darius, sarcástico.

Debía de pensar que no había aprendido nada en todo ese tiempo. De verdad creía que caería rendido a sus pies, que seguía siendo el tonto enamorado que había sido diez años atrás.

La había odiado antes, pero no era nada comparado con el odio que sentía por ella en ese momento.

Y, sin embargo, seguía deseándola. Se controlaba dentro de ella, inmóvil dentro de su estrecha funda, pero seguía tan duro que estaba a punto de explotar.

Y eso lo enfurecía aún más.

Quería hacerla pagar por todo lo que había sufrido y una noche de humillación no era suficiente.

Darius quería venganza.

Quería darle esperanzas, dejar que se hiciera ilusiones para luego hundirla como había hecho ella una vez. Y se le ocurrían unos planes fantásticos: casarse con ella, dejarla embarazada, hacer que lo amase para luego despreciarla fríamente. Quería tomarlo todo y dejarla sola y sin dinero.

Esa sería una justa venganza. Sería justicia.

–¿Darius? –había una sombra de preocupación en su rostro mientras lo miraba.

Inclinando la cabeza, él la besó casi con ternura y ella tembló entre sus brazos, con los pechos aplastados contra el torso masculino y sus asombrosas caderas abiertas para él. Verla así, tirada en su cama, con el juego de sombras y luces iluminando las sensuales curvas de sus pechos, casi lo hacía perder el control.

–Lo siento si te he hecho daño, *agapi mu* –dijo en voz baja. Aunque era mentira–. Pero el dolor no durará –añadió. Otra mentira. Él se encargaría de que le durase para el resto de su vida–. Solo tienes que esperar un poco.

Letty parecía la viva imagen de la inocencia y, tal vez por eso, Darius la besó de forma exigente, dura, fiera. Él tenía experiencia y ella no. Él sabía cómo seducirla, cómo dominarla.

A menos que... ¿podría estar fingiendo su deseo?

No, pensó fríamente. Él se aseguraría de que no fuera así. Eso sería un insulto que no le permitiría. Se aseguraría de que el placer fuese real.

La acarició suavemente, tomándose su tiempo hasta que, poco a poco, ella empezó a devolverle los besos, echándole los brazos al cuello, tirando de él. Darius empujó con cuidado, aún duro como una piedra dentro de ella, y Letty contuvo el aliento mientras levantaba las caderas.

Se apartó lentamente y empujó por segunda vez, observando su expresión. Solo cuando vio el brillo del éxtasis volver a su rostro, solo cuando sus músculos internos volvieron a apretarlo, supo que había tenido éxito y aumentó el ritmo de las embestidas.

Letty era la mujer a la que había deseado durante un tercio de su vida y casi se sentía mareado mientras la hacía suya. Su cuerpo empezó a sacudirse con un placer tan intenso que era casi doloroso. Estaban tan unidos que no era fácil saber dónde terminaba uno y empezaba el otro.

Placer y dolor.

Odio y deseo.

Tenía que hacer tal esfuerzo para mantener el control que su cuerpo estaba cubierto de sudor. Sus pechos se movían arriba y abajo mientras la penetraba, hasta el fondo. Jadeando, Letty puso las manos sobre el cabecero, sujetándose para contrarrestar sus embestidas. Su respiración se volvió fragmentada mientras se retorcía de deseo.

Con los ojos cerrados, abría la boca para buscar oxígeno mientras movía las manos sobre sus hombros. Darius, perdido en las sensaciones de poseerla, de llenarla, de hacerla suya, apenas se dio cuenta de que clavaba las uñas en su carne.

Se sentía simultáneamente perdido y en casa. Su alma, que había estado vacía, se llenaba milagrosamente. Su cuerpo era pura luz.

Como a lo lejos oyó un grito y se dio cuenta de que salía de su garganta, liberando la emoción que había mantenido guardada durante una década. El grito de Letty se unió al suyo mientras sus cuerpos se sacudían con una última y violenta embestida. Darius se derramó en su interior, cayendo sobre ella, sus cuerpos se hallaban cubiertos de sudor.

Mucho más tarde abrió los ojos y descubrió que Letty estaba dormida entre sus brazos. La miró, perplejo, preguntándose si alguna de las pálidas y flacas modelos con las que solía acostarse lo había hecho sentir tan... satisfecho.

Eran aventuras insípidas, huecas y aburridas comparadas con aquella pasión. Saborearla, sentirla temblar, escuchar sus gritos de placer lo había llevado al límite.

Era odio, pensó.

El odio había hecho que perdiese el control como no había imaginado posible. Mientras tomaba posesión de su cuerpo, después de diez años de frustrado deseo, había trastocado su anhelo, convirtiéndolo en una oscura y retorcida fantasía de venganza.

Había sido la mejor experiencia sexual de toda su vida, pero mientras se apartaba de ella contuvo el aliento.

El preservativo se había roto.

Por mucho que fantasease con vengarse de ella, por mucho que la odiase, lo último que deseaba era dejarla embarazada e involucrar a un niño inocente en esa historia.

Darius sacudió la cabeza, incapaz de creer lo que había pasado. ¿Cómo podía haberse roto?

¿Había sido demasiado violento en su deseo de poseerla, de aliviar el salvaje deseo que había contenido durante diez años?

Había querido marcarla para siempre... ¿tal vez, inconscientemente, había querido dejarla embarazada?

Darius masculló una palabrota mientras se levantaba de la cama para mirar los brillantes rascacielos en medio de la oscura ciudad. El cristal le devolvía su reflejo y se quedó sorprendido al ver el brillo de ira de sus ojos.

Qué desastre. No había hecho nada de lo que había planeado. Se había acostado con Letty y... podía ser aún peor.

Pero la culpa era de ella, pensó.

–¿Estás levantado? –murmuró Letty–. Vuelve a la cama.

Medio adormilada, tenía un aspecto encantador con el pelo oscuro extendido sobre las almohadas. Se había tapado hasta el cuello con el edredón, como si él no lo hubiera visto todo, como si no lo hubiera tocado todo, saboreado todo.

Darius se excitó contra su voluntad. Acababa de tenerla y ya quería más. Quería hacerle el amor en la cama, contra la pared, contra la ventana. Una y otra vez. Y eso lo enfurecía. Letitia Spencer era venenosa.

Pero ¿de verdad se había imaginado que aquella buscavidas no conseguiría su objetivo, el control no solo de su fortuna, sino de su cuerpo y su alma?

Darius se pasó una mano por el pelo.

–¿Qué te pasa?

–¿Me quieres? –repitió él, con tono helado.

–Es cierto –susurró Letty.

Darius dio un paso hacia la cama.

–Una noche no es suficiente, ¿verdad? No quieres ser de alquiler, sino una adquisición permanente, ¿es eso?

Ella frunció el ceño.

–¿De qué estás hablando?

Darius apretó los dientes mientras se ponía un pantalón de chándal gris, intentando relajarse.

–Tú no me quieres. Ni siquiera sabes lo que significa querer a alguien. Cuando pienso en cómo te adoré una vez me pongo enfermo. Especialmente ahora... ahora que los dos sabemos lo que eres.

–¿De qué estás hablando? –repitió ella, atónita.

–No finjas que no lo sabes.

–¡No lo sé!

–No te hagas la inocente. Has vendido tu virginidad por cien mil dólares.

Esas duras palabras parecían hacer eco en la oscura habitación mientras los dos se miraban en silencio.

–¿Qué estás diciendo? –preguntó Letty por fin.

–El correo que me enviaste –respondió él con tono impaciente–. El matón que le ha roto el brazo a tu padre ha amenazado con matarlo si no recibe cien mil dólares esta misma semana –Darius inclinó a un lado la cabeza–. ¿Es cierto o solo era una conveniente excusa?

Ella lo miraba con los ojos como platos.

–El brazo roto de mi padre... –Letty empezó a temblar mientras se cubría con el edredón hasta el cuello–. Yo no te he enviado ningún correo, Darius.

Él esbozó una irónica sonrisa.

–Entonces, ¿quién ha sido?

–Yo... ¿Por eso fuiste a buscarme? ¿Estabas comprando una noche en la cama conmigo?

–¿Qué habías pensado?

–Pensé... pensé que me habías perdonado por lo que hice...

–¿Hace diez años? En realidad, me hiciste un favor. Me ha ido mejor sin ti. Y tu prometido debió de pensar lo mismo porque desapareció enseguida. Lo que nunca te perdonaré es lo que tu padre y tú le hicisteis a mi padre. Perdió su trabajo, los ahorros de toda su vida... lo perdió todo y murió de un infarto. Por tu culpa.

–No es lo que tú crees. Yo no...

–¿Ahora vas a inventar una explicación que te haga parecer una santa? Vamos, Letty. Dime que tu traición era en realidad un favor. Dime que destruiste a mi familia haciendo un gran sacrificio porque me querías demasiado –el tono de Darius destilaba desprecio–. Háblame de tu amor.

Ella parpadeó furiosamente, mirándolo con expresión angustiada.

–Por favor...

Pero la compasión había desaparecido de su alma y Darius se encogió de hombros.

–Pensé que sería divertido volver a verte. No tenía intención de acostarme contigo, pero tú parecías tan dispuesta que al final pensé: ¿por qué no? –Darius suspiró, como si estuviera aburrido–. Pero aunque he pagado por toda la noche, la verdad es que he perdido el interés. Te has vendido muy barata, Letty. Podrías haber vendido tu virginidad por un precio más alto. Es una sugerencia por si sigues adelante con tu nueva carrera. ¿Cómo se llama ahora, amante pagada, novia profesional?

–¿Cómo puedes ser tan cruel? –Letty sacudió la cabeza, incrédula–. Cuando te vi frente al restaurante esta noche vi al chico al que había amado...

–¿No me digas? –Darius enarcó una ceja–. Ah, bueno, claro. Como has conservado tu virginidad durante todos estos años, pensaste que, si ponías un poco de romance, yo perdería la cabeza por ti, como entonces. «Te quiero, Darius, nunca he dejado de quererte» –la imitó, burlón.

–¡Basta! –gritó ella, cubriéndose la cara con las manos mientras se sentaba en la cama–. Por favor, para.

El edredón había resbalado, revelando sus voluptuosos pechos. Darius podía ver los rosados pezones y aún podía notar en la lengua su dulce sabor, aún recordaba lo que había sentido cuando estaba dentro de ella.

Acostarse con ella no había saciado su deseo; al contrario. Solo había hecho que la desease más.

Y que tuviese tanto poder sobre él era exasperante.

Bruscamente, abrió un cajón de la mesilla y sacó un cheque que tiró sobre la cama.

–Toma. Creo que esto da por terminado nuestro acuerdo.

Letty miró el cheque con expresión incrédula.

–Si tienes otro cliente esta noche, no deberías hacerle esperar –le espetó Darius.

Ella cerró los ojos un momento.

–Eres un monstruo.

–¿Yo soy un monstruo? –Darius soltó una carcajada–. ¿Yo?

Letty se levantó de la cama y él esperó que le tirase el cheque a la cara para demostrar que estaba equivocado. Si así fuera...

Pero no lo hizo. Se limitó a recoger las bragas del suelo antes de dirigirse a la puerta. Qué ingenuo había sido al imaginar que iba a rechazar el dinero por honestidad o por amor propio.

Letty salió de la habitación y él la siguió, observándola mientras se vestía a toda prisa. No lo miró en ningún momento.

Darius quería obligarla a mirarlo. Quería verla humillada, con el corazón roto. Su orgullo exigía algo a lo que no podía poner nombre.

Letty guardó el sujetador en el bolso, se puso los zapatos y se dirigió a la puerta.

–Es una pena que se haya roto el preservativo –dijo Darius por fin.

Ella se quedó inmóvil.

–¿Qué?

–El preservativo se ha roto. Si te quedas embarazada, házmelo saber... –Darius sonrió–. Y negociaremos el precio.

Por fin, ella se dio la vuelta para mirarlo, atónita.

–¿Me pagarías por un bebé?

–¿Por qué no si ya te he pagado por crearlo? –la expresión de Darius se endureció–. Nunca me casaré contigo, así que tu intento de extorsión termina con ese cheque. Si la mala suerte quiere que quedes embarazada, venderme a nuestro hijo sería tu única opción.

–¡Estás loco!

–Y tú me asqueas –Darius se acercó, con ojos helados–. Jamás permitiría que tú y el delincuente de tu padre educaseis a un hijo mío. Antes contrataría a cien abogados para echaros de aquí.

Angustiada, Letty dio un paso atrás, con los ojos llenos de lágrimas. Se había convertido en una buena actriz, pensó él.

–Por favor, llévame a casa –susurró.

–¿Llevarte a casa? –Darius soltó una risotada–. Eres una empleada, no una invitada. Una empleada temporal que ha terminado su turno –añadió, esbozando una irónica sonrisa–. Busca la forma de volver a tu casa.

Capítulo 3

LETTY temblaba de frío mientras se dirigía a la estación de metro de Lexington Avenue, con la nieve cayendo sobre su pelo. Era la una de la madrugada cuando por fin entró en un vagón vacío, sintiéndose más sola y desesperada que nunca.

Cuando llegó a su parada en Brooklyn, bajó las escaleras y se dirigió a su apartamento. Las calles estaban oscuras y solitarias, y el helado viento de febrero golpeaba sus mejillas empapadas por las lágrimas.

Había pensado que era un milagro cuando vio a Darius. Había pensado que sabía la verdad, que se había sacrificado por él, y había vuelto a buscarla.

Cuando le dijo que lo amaba le había salido del alma. Y de verdad había creído que él la correspondía.

¿Cómo podía haber estado tan equivocada?

«Me asqueas».

Aún podía oír el desprecio de su voz y, secándose las lágrimas con el canto de la mano, apresuró el paso para entrar en el portal.

Aunque algunos de los edificios de la zona eran bonitos y bien conservados, el suyo era horrible, con una oxidada escalera de incendios pegada a una ruinosa fachada de ladrillos. Pero era un sitio barato y el casero no había hecho preguntas.

–¡Letty, has vuelto! –exclamó su padre desde el sillón. La había esperado despierto, con una manta sobre el pijama de franela ya que la calefacción solo funcionaba a veces–. ¿Y bien? –le preguntó con gesto esperanzado.

Ella lo miró, incrédula, dejando caer el bolso al suelo.

–¿Cómo has podido? –le espetó, con voz estrangulada.

–¿Cómo he podido reunirte con Darius tan fácilmente? –su padre sonrió–. Solo necesitaba una buena excusa.

–Pero ¿qué dices?

–¿Es que no has vuelto con él?

–¡Pues claro que no! ¿Cómo has podido enviarle un mensaje haciéndote pasar por mí, papá? ¿Cómo has podido decirle que me acostaría con él por dinero?

–Solo estaba intentando ayudar –respondió su padre con la voz quebrada–. Lo has querido durante tanto tiempo... pero te negabas a ponerte en contacto con él. O él contigo. Así que pensé...

–¿Qué, que si nos reuníamos caeríamos inmediatamente el uno en brazos del otro?

–Bueno... la verdad es que sí.

Letty experimentó una oleada de rabia.

–¡No lo hiciste por mí! –exclamó, tomando el bolso del suelo para sacar el cheque y tirárselo a la cara–. ¡Lo hiciste por esto!

A su padre le temblaban las manos mientras tomaba el cheque, pero al ver la cantidad dejó escapar un suspiro de alivio.

–Gracias a Dios.

–¿Cómo has podido venderme? –insistió Letty.

–¿Venderte? –repitió Howard levantándose a duras penas del sillón para sentarse a su lado–. ¡Yo no te he vendido, hija! Pensé que hablaríais y os daríais cuenta de que os había tendido una trampa. Pensé que os reiríais de ello y que así sería más fácil para los dos olvidar el orgullo. Tal vez enviaría el dinero, tal vez no –a su padre se le quebró la voz–. Pero, en cualquier caso, estaríais juntos otra vez. Yo sé que os queréis, hija.

–Ya, claro, lo hiciste por cariño hacia mí –Letty lo miró con gesto desconfiado–. De modo que haber descubierto esta mañana que Darius ha vendido su empresa por miles de millones de dólares no tiene nada que ver, ¿no?

Su padre miró al suelo.

–Pensé que no había nada de malo en intentar resolver ese problema con... un cliente insatisfecho –respondió con voz temblorosa.

Letty abrió la boca para decir las crueles palabras que se merecía, palabras que no podría retirar. Palabras que ninguno de los dos podría olvidar. Palabras que serían como una granada de mano cargada de angustia y de rabia.

Era un pobre viejo triste, sentado a su lado en el viejo sofá. El hombre al que una vez había admirado y al que seguía queriendo a pesar de todo.

Su pelo, cada día más escaso, se había vuelto blanco. Su rostro, una vez tan apuesto, estaba demacrado, con profundas arrugas en las mejillas. Había encogido y estaba tan delgado que el batín le quedaba enorme. Después de casi una década en prisión parecía haber envejecido treinta años.

Howard Spencer, un chico de clase media de Oklahoma, había ido a Nueva York a hacer fortuna contando con su encanto y con su buena cabeza para los números. Se había enamorado de Constance Langford, hija única de una ilustre familia de Long Island. Los Langford no tenían mucho dinero y la finca de Fairholme estaba hipotecada, pero Howard Spencer, locamente enamorado, le había asegurado a su novia que nunca tendría que preocuparse por el dinero.

Y había cumplido su promesa. Mientras su mujer vivía había sido cauto con el fondo de inversiones, pero, cuando Constance murió repentinamente, se había vuelto temerario, asumiendo locos riesgos financieros hasta que su antiguamente respetado fondo de inversiones se convirtió en una venta piramidal y, de repente, los ocho mil millones de dólares se esfumaron.

La detención de Howard y el juicio habían sido terribles para Letty y preocuparse por su estado en prisión era peor. Pero ver al anciano en el que se había convertido era terrible.

Mirando sus hombros caídos, sus ojos opacos y el brazo roto en cabestrillo, la furia que sentía dio paso a un dolor insoportable.

No podía dejar de recordar las palabras de Darius: «El matón que le ha roto el brazo a tu padre ha amenazado con matarlo si no recibe cien mil dólares esta misma semana».

–¿Por qué no me contaste que un matón te rompió el brazo? –le preguntó, levantando la mirada–. ¿Por qué me hiciste creer que había sido un accidente?

Howard bajó la mirada con gesto culpable.

–No quería preocuparte.

–¿Preocuparme? –repitió ella.

–Se supone que un padre debe cuidar de su hija, no al contrario.

–Entonces, ¿es verdad? ¿Un matón te rompió el brazo y amenazó con matarte si no le devolvías su dinero?

–Sabía que podía solucionarlo –su padre intentó sonreír–. Y lo he hecho. Cuando le entregue el cheque, se acabará el problema.

–¿Cómo sabes que no aparecerán más matones exigiendo dinero cuando se enteren de que has pagado a uno de ellos?

Howard la miró con cara de sorpresa.

–La mayoría de la gente que invirtió en mi empresa era gente civilizada y normal. No eran matones violentos.

Letty apretó los dientes. Para haber estado en una prisión federal durante nueve años, su padre podía ser increíblemente ingenuo.

–Deberías habérmelo contado.

–¿Para qué? ¿Qué podrías haber hecho tú, además de preocuparte? O peor aún, habrías intentado hablar con ese hombre y te habrías puesto en peligro. Mira, no sabía si Darius te daría el dinero, pero sabía que estarías a salvo con él –Howard sacudió la cabeza, intentando sonreír–. De verdad pensé que con solo miraros os enamoraríais de nuevo.

Letty se dejó caer sobre el sofá. Su padre de verdad pensaba estar haciéndole un favor, pensaba que iba a reunirla con el amor de su vida, que estaba protegiéndola, salvándola.

–Darius pensó que era una buscavidas.

Howard la miró, indignado.

–Pero cuando le dijiste que tú no habías enviado el correo...

–No me creyó.

–Entonces... entonces debió de pensar que eras una

buena hija que intentaba ayudar a su padre. Darius ahora tiene mucho dinero y no echará de menos esa pequeña cantidad. ¡Después de todo lo que tú hiciste por él!

–Para, por favor –lo interrumpió ella con voz estrangulada. Recordar la mirada de Darius cuando le dio el cheque era suficiente para que quisiera morirse. Pero cuando le contó que un matón amenazaba la vida de su padre, ¿qué otra cosa podía hacer?

Howard parecía atónito.

–¿No le has contado lo que pasó hace diez años? ¿Por qué no te fuiste con él?

Ella dio un respingo al recordar las ácidas palabras de Darius:

«Vamos, Letty. Dime que tu traición era en realidad un favor. Dime que destruiste a mi familia haciendo un gran sacrificio porque me querías demasiado».

–No –susurró–. Y no lo haré nunca. Darius no me quiere, papá. Me odia más que nunca.

Howard sacudió la cabeza, las arrugas de su rostro parecían más pronunciadas que nunca.

–Lo siento, cariño...

–Pero ahora yo también le odio. Eso es lo único bueno de esta noche, que ahora yo también le odio.

–Yo no quería eso, hija.

–No importa. He desperdiciado demasiados años soñando con él, echándole de menos. Pero todo eso se acabó.

Era cierto.

El Darius al que había amado ya no existía. Había querido dárselo todo y él la había seducido sin piedad. Su amor por Darius había muerto para siempre y su única esperanza era intentar olvidarlo.

Pero cuatro semanas después descubrió que eso iba a ser imposible. Ya nunca podría olvidar a Darius Kyrillos.

Estaba embarazada de su hijo.

Se había hecho una prueba de embarazo, convencida de que el resultado sería negativo, y, cuando dio positivo, no se lo podía creer. Pero la perplejidad pronto dio paso a una enorme felicidad al imaginar a un bebé entre sus brazos.

–¿Voy a ser abuelo? –exclamó Howard, emocionado, cuando le dio la noticia–. ¡Eso es maravilloso! Y cuando se lo cuentes a Darius...

Eso le provocó el primer escalofrío de terror. Porque Letty recordó entonces que el bebé no era solo suyo, sino también de Darius.

Y él la odiaba.

Había amenazado con quitarle a su hijo.

–No voy a contárselo, papá.

–Pues claro que sí –Howard le dio una palmadita en el hombro–. Sé que estás enfadada con él. Me imagino que debió de dolerte mucho, pero un hombre tiene derecho a saber que va a ser padre.

–¿Para qué? ¿Para que intente quitarme a mi hijo?

–¿Quitarte a tu hijo? –su padre negó con la cabeza–. Cuando sepa que estás embarazada recordará cuánto te quiere. Ya lo verás. El bebé os unirá de nuevo.

Ella suspiró, entristecida.

–Vives en un mundo de sueños, papá. Darius me dijo...

–¿Qué?

Letty recordó las malévolas palabras: «Jamás permitiría que tú y el delincuente de tu padre educaseis a un hijo mío».

–Tenemos que empezar a ahorrar dinero –murmuró–. Ahora mismo.

–¿Por qué? Una vez que te cases con él, el dinero no volverá a ser un problema. Mi nieto y tú siempre estaréis bien atendidos.

Su padre no se podía creer que Darius quisiera hacerle daño, pero ella sabía que era así.

«Antes contrataría a cien abogados para echaros de aquí».

Tenían que irse de Nueva York lo antes posible.

Bajo los términos de la libertad condicional de su padre, Howard debía permanecer en el estado de Nueva York, de modo que se irían al norte, a algún pueblecito donde nadie los conociera y donde ella pudiese encontrar trabajo.

Solo había un problema: para mudarse necesitaban dinero. El primer y último mes de alquiler, un depósito y los billetes de autocar. Un dinero que no tenían. Apenas podían llegar a fin de mes con su sueldo.

Durante los meses siguientes el miedo atenazaba su corazón. Por mucho que trabajase no era capaz de ahorrar un céntimo. Howard siempre necesitaba algo urgentemente y el dinero se esfumaba. Además, tenían que pagar sus visitas al ginecólogo y la rehabilitación para el brazo de su padre.

Por suerte, después de que Howard pagase al matón, ningún otro acreedor furioso había vuelto a amenazarlo.

Pero ahí terminaba su buena fortuna. El embarazo la agotaba. Cada noche volvía a casa intentando no dormirse de pie, hacía la cena para los dos, fregaba los platos y se iba a la cama. Y al día siguiente volvía a hacer lo mismo.

Cada día contaba ansiosamente los ahorros que

guardaba en una vieja lata de galletas y cada día miraba el calendario y se asustaba un poco más.

A finales de agosto, entre el cansancio, la angustia y el pegajoso calor, Letty estaba frenética. Ya no podía ocultar su embarazo, ni siquiera bajo las anchas camisas de su padre.

Por fin, cuando el alquiler de la casa estaba a punto de expirar, supo que no podía esperar más. Aún no había ahorrado suficiente dinero, pero ya no tenía tiempo.

El día uno de septiembre, se lavó la cara con agua fría y miró su demacrado rostro en el espejo.

Aquel era el día.

No podían alquilar un camión para llevarse sus pertenencias. No había dinero para eso, de modo que se llevarían lo que pudieran en dos maletas y tomarían el autocar. Tendrían que dejar atrás los últimos recuerdos de Fairholme. De su infancia. De su madre, pensó, con un nudo en la garganta.

–Papá, tienes que guardar tus cosas en las maletas. Lo que no quepa en ellas habrá que dejarlo aquí.

–¿Por qué tenemos que irnos? Yo conozco a Darius desde que era un niño –respondió Howard, con expresión seria–. Sé que está enfadado, pero tiene buen corazón...

–No voy a apostar por su «buen corazón» –lo interrumpió ella amargamente–. Después de cómo me trató, no puedo hacerlo.

–Yo podría llamarle...

–¡No! –gritó Letty–. Si vuelves a hacer algo a mis espaldas no volveré a hablarte durante el resto de mi vida. ¿Lo entiendes? Nunca.

–Muy bien, de acuerdo, pero es el padre de tu hijo. Deberías casarte con él y ser feliz.

Eso la dejó sin habla durante un minuto.

–Espero que tengas las maletas hechas cuando vuelva –dijo por fin, mientras salía del apartamento.

Después de cobrar el mísero cheque del restaurante y despedirse de su amiga Belle, Letty compró dos billetes de autocar con destino a Rochester.

Cuando volvió a casa, con la ropa y el pelo empapados por la lluvia, su padre había desaparecido y las maletas estaban sin hacer. Todas sus pertenencias seguían en su sitio, exactamente como las había dejado. Tendría que hacerlo todo ella, pensó, exasperada.

Tres mil de los ocho mil millones de dólares que la firma de inversiones de su padre había perdido habían sido recuperados desde entonces, pero las autoridades no les habían dejado nada de valor. Sus posesiones habían sido requisadas mucho tiempo atrás por el Juzgado.

«Lo superaré», se dijo a sí misma. Aún podían ser felices. Criaría a su hijo con amor, en una casita con un jardín lleno de flores. Su niño tendría una infancia tan feliz como lo había sido la suya.

No crecería en un apartamento de acero y cristal sin su madre, sin cariño...

Letty empezó a rebuscar entre la pila de cosas. Había pensado limpiar el apartamento por la noche, esperando que el casero le devolviera el depósito.

Cuando oyó un golpecito en la puerta se incorporó, aliviada. Su padre había vuelto para ayudarla y debía de haber olvidado su llave otra vez.

Pero cuando abrió la puerta dejó escapar una exclamación.

Darius estaba al otro lado, con una camisa negra y

unos tejanos bien cortados que destacaban su poderoso cuerpo. Solo era mediodía, pero ya tenía sombra de barba.

Por un momento, incluso odiándolo y temiéndolo, esa potente belleza masculina la dejó mareada.

–Letty –la saludó él con frialdad.

Armándose de valor, Letty intentó darle con la puerta en las narices, pero él la bloqueó con su poderoso hombro y entró en el apartamento.

Capítulo 4

SEIS meses antes, Darius había querido vengarse.

Y lo había conseguido. Le había quitado la virginidad a Letitia Spencer sin piedad y luego la había echado de su casa en medio de la noche. La había seducido e insultado, le había tirado el dinero a la cara, haciendo que se sintiera como una fulana.

Había sido fabuloso.

Pero, en lugar de apagar la llama, esa noche solo había servido para convertir su deseo por Letty en un incendio.

La había deseado cada noche durante esos seis meses y había esperado que Letty se pusiera en contacto con él. Cuando olvidase la ofensa lo llamaría, estaba seguro... si no por su cuerpo, evidentemente por su dinero.

Pero no había sido así. Y, cuando recordaba su expresión acongojada la noche que Letty le dijo que lo amaba, la noche que le había quitado la virginidad para después echarla a la calle, a veces se preguntaba si había obrado mal.

Las pruebas hablaban por sí mismas, pero su incesante deseo por ella lo hacía sentirse incómodo, inquieto. Había pensado seguir en la empresa durante un año para guiar a su equipo durante la transición después de la venta, pero había discutido con el presidente de la multinacional. No soportaba trabajar para otra persona y había firmado una cláusula de no competencia, de modo que no podía abrir un negocio en el mismo sector.

Privado del trabajo que había sido su vida durante una década, no sabía cómo llenar las horas. Había intentado gastar su fortuna comprando un coche de carreras, luego diez coches, más tarde una pista de carreras. Había comprado cuatro aviones, todos con el interior de diseño. Nada. Luego había probado deportes extremos: paracaidismo, telesquí. Nada.

Se había rodeado de mujeres hermosas, pero no deseaba a ninguna de ellas.

Estaba aburrido. No, peor, estaba frustrado y furioso. Porque con tanto tiempo libre y tanto dinero no podía tener lo que quería.

«Letty».

Y al verla en persona, tan bella, tan embarazada, se odiaba a sí mismo por haberse vengado como lo hizo. Por mucho que ella se lo mereciese.

Estaba embarazada. De su hijo.

Incluso con los tejanos y la camiseta ancha seguía siendo más sensual, más hermosa que cualquier modelo con un ajustado vestido de cóctel. Sus curvas eran espléndidas, su piel brillaba, sus pechos eran opulentos. Haciendo un esfuerzo, Darius miró su abdomen.

—De modo que es cierto —dijo en voz baja—. Estás embarazada.

Ella irguió los hombros, echándose la coleta hacia atrás en un inútil gesto de valentía.

—¿Y bien?

—¿El niño es mío?

–¿Tuyo? ¿Por qué crees que el bebé es tuyo? Tal vez me acosté con otros hombres esa noche. Tal vez me he acostado con cien hombres...

La idea de que se hubiera acostado con otro hombre lo ponía enfermo.

–Estás mintiendo.

–¿Cómo lo sabes?

–Me lo ha dicho tu padre.

Letty dejó caer los hombros.

–¿Mi padre?

–Pretendía que le pagase por la información, pero cuando me negué me lo contó todo. Gratis.

–Tal vez estaba mintiendo –insistió Letty. Pero parecía haber perdido el coraje. Tenía ojeras y parecía a punto de desmayarse.

Darius miró a su alrededor arrugando la nariz. El salón era diminuto, la cocina tenía una ventana con rejas que daba a un estrecho patio sin luz... aquel sitio parecía una prisión.

«Es más de lo que se merecen», se dijo a sí mismo. Y era mejor que la casa de Heraklios donde él vivió de niño. Al menos tenían electricidad y agua corriente. Al menos en aquel sitio había un padre.

Sus padres lo habían abandonado dos días después de nacer. Su madre, Calla, una mimada heredera, había abandonado al hijo al que no quería y su padre lo había encontrado llorando en un moisés en la puerta de su casa.

Eugenios Kyrillos fue despedido del trabajo y no pudo encontrar otro en la isla. Ningún otro padre griego quería arriesgar la virtud de sus hijas con un chófer que no sabía mantener las distancias. Desesperado, se fue a Estados Unidos, dejando al niño con su abuela en una vieja casa sin luz ni agua corriente.

La primera vez que habló con su padre en persona fue en el entierro de su abuela, cuando tenía once años. Luego Eugenios se lo había llevado a Estados Unidos, lejos de todo lo que conocía.

Fairholme le había parecido un lugar exótico donde todo el mundo hablaba un idioma que no entendía. Y su padre le parecía igualmente extraño, distante; el chófer de un magnate estadounidense, Howard Spencer.

Desde entonces, Darius había tirado la casucha de su abuela en Heraklios para construir una villa palaciega. Tenía un ático en Manhattan, un chalé en Suiza y una pista privada de carreras a las afueras de Londres. Su fortuna personal era más grande de lo que hubiera soñado nunca.

Y los Spencer estaban viviendo en un diminuto, desastrado y horrible apartamento.

Pero en lugar de sentirse orgulloso, Darius se sentía extrañamente inquieto.

–¿Quién duerme en el sofá?

–Yo –respondió Letty.

–¿Tú pagas el alquiler, pero tu padre usa el dormitorio?

–No puede dormir bien. Solo quiero que esté lo más cómodo posible.

Darius la miró, incrédulo.

–Estando embarazada.

–¿Por qué te importa? –preguntó ella amargamente–. Solo has venido para quitarme a mi hijo.

Bueno, eso era cierto, pensó, mirando las maletas abiertas.

–¿Dónde pensabas ir?

–A un sitio donde tú no pudieras encontrarnos.

Darius la miró muy serio. Sabía que Letty había

dejado su trabajo de camarera y seguía en la ruina. Y nadie recordaba haberla visto con un hombre.

Al parecer, no era una buscavidas. En ese sentido la había juzgado mal. Después de haberle roto el corazón diez años antes al dejarlo por un hombre rico, había creído que era una cazafortunas.

Era lógico que hubiera pensado eso. Su propia madre lo había abandonado por la misma razón. Para ella, Darius era el bochornoso resultado de un revolcón con el chófer de la familia, pero estaba decidida a casarse con un hombre de su clase social.

Pero Letty no era así. Al menos, ya no era así.

Darius se sentó abruptamente a su lado.

–¿Por qué no me buscaste al descubrir que estabas embarazada? Tú sabías que te daría todo lo que necesitases y más.

–¡Lo único que sabía es que querías quitarme a mi hijo! –exclamó ella, incrédula–. Me amenazaste con hacerlo esa noche.

Darius apretó los dientes.

–Podríamos haber llegado a un acuerdo.

–Amenazaste con comprar a mi hijo. Dijiste que si intentaba negarme me lo quitarías y... ¿cuáles fueron tus palabras? ¿Harías que me echasen de aquí?

No le gustó que le recordase lo que había dicho seis meses antes, pero debía reconocer que había sonado más que desagradable, incluso enloquecido.

–¿Por qué vives aquí?

–Lamentablemente, la suite real del St. Regis ya estaba reservada –respondió ella, irónica.

–Lo digo en serio. ¿Por qué te has quedado en Nueva York todos estos años? Podrías haberte ido a otro sitio, al Oeste, donde nadie sabría quién es tu padre.

–No podía abandonarlo. Le quiero mucho.

Howard era un mentiroso y un estafador. Y, aun así, Letty le quería. Y pensaba criar a su hijo con él; el hombre al que Darius culpaba por la muerte de su padre.

–¿No se te ocurrió pensar que yo querría algo mejor para nuestro hijo?

Letty lo fulminó con la mirada.

–*Yo* quería algo mejor. Quería que el padre de mi hijo fuese una buena persona, alguien en quien pudiese confiar, alguien a quien amar. Pero eres tú, Darius, el peor hombre de la tierra.

–No pensabas eso hace diez años.

Enseguida deseó poder retirar esas palabras, porque parecían insinuar que le importaba. Y no era así.

–¿Quieres hablar de lo que pasó hace diez años? Muy bien, hablemos de ello –Letty cerró brevemente los ojos–. La razón por la que no aparecí esa noche, cuando íbamos a escaparnos, fue que quería protegerte.

–¿Protegerme?

–Sí, protegerte. El día que íbamos a escaparnos mi padre me contó que el fondo de inversiones era un fraude. Había dejado de generar dinero años atrás, pero él seguía haciendo pagos a antiguos inversores tomando dinero de otros. Los federales estaban siguiéndole la pista y yo sabía lo que iba a pasar. No podía arrastrarte a esa situación, con todos tus sueños. Acababas de abrir tu empresa... –Letty tomó aire–. No podía dejar que los delitos de mi padre arruinasen también tu vida.

Por un momento, mientras miraba esos preciosos ojos pardos, a Darius se le encogió el corazón. Pero entonces recordó que ya no tenía un corazón que ella pudiese romper.

–Estás mintiendo. Me dejaste por otro hombre, un hombre rico que podía... ¿cómo lo expresaste exactamente? «Darte la vida de lujo que tú merecías» –Darius soltó un bufido–. Aunque está claro que no te sirvió de nada. Debió de dejarte en cuanto tu padre fue detenido.

–No podía dejarme porque nunca existió.

–¿Qué?

–Era la única forma de convencerte para que te olvidases de mí –Letty levantó la barbilla–. Yo conocía tus debilidades incluso entonces.

–¿Debilidades? –repitió él.

–Siempre decías que a un hombre se le medía por su poder y su dinero. Yo sabía que no aceptarías que rompiese contigo sin una explicación, así que inventé una. Te dije que estaba con un hombre rico y sabía que tú te lo creerías.

–No es cierto.

–Nunca he sabido mentir, pero tú te lo creíste y dejaste de llamarme –murmuró Letty.

Darius sintió que le ardía la cara al recordar lo que había sentido aquel día. Tenía razón.

La amaba con locura y estaba decidido a luchar por ella hasta que Letty le dijo que no lo quería porque era pobre. Se lo había creído de inmediato, sin cuestionárselo, porque pensaba que el dinero hacía al hombre. Sin dinero, no había nada.

La miró, con un nudo en la garganta. No quería creer que estaba diciendo la verdad, pero cada fibra de su ser le decía que así era.

–¿Y mi padre? –le preguntó, con voz ronca–. ¿También estabas protegiéndolo al hacer que tu padre le despidiera?

–Es verdad, yo hice que lo despidiera. Le dije a mi padre que no podía soportar ver a Eugenios porque

me recordaba a ti. En realidad, temía que le pidiera
que invirtiese sus ahorros en ese ruinoso fondo de inversiones. Mi padre creía entonces que aún podía solucionarlo todo y yo sabía que tu padre le hubiera
entregado sus ahorros porque era profundamente leal.

–Sí, lo era –admitió Darius, con los dientes apreta-
dos. Para su padre, el jefe siempre había sido su prioridad, incluso por encima de su hijo.

Nunca había puesto a su hijo por delante de su
trabajo. No había acudido a los eventos escolares, ni
siquiera a su graduación en el instituto. Estar eterna-
mente a las órdenes de Howard Spencer, mantener los
diez coches de lujo brillantes y dispuestos, había sido
lo único importante en su vida.

Por supuesto, le había dado cobijo, comida y edu-
cación mientras vivían en un apartamento sobre el
garaje de Fairholme, pero emocionalmente estaban a
un mundo de distancia. Apenas se dirigían la palabra.

Hasta aquel día terrible, cuando Darius le dijo lo
que de verdad pensaba de él.

Pero ese recuerdo era tan doloroso que lo apartó de
su mente.

Letty suspiró.

–Quería alejar a tu padre de Fairholme antes de
que lo perdiese todo, pero descubrí que era demasiado
tarde. Tu padre ya había invertido sus ahorros en el
fondo de inversiones. Aunque era una cantidad muy
pequeña, mi padre la había aceptado... como un favor.

¿Una cantidad pequeña? ¡Eran los ahorros de toda
su vida! Qué arrogancia, pensó Darius, furioso.

–Howard Spencer es un mentiroso y un estafador
que destruyó la vida de mucha gente.

–Lo sé –susurró Letty, bajando la mirada–. Pero no
quería hacerlo.

–Merece sufrir.

–Ya ha sufrido mucho, Darius. Durante su detención, en el juicio, en la cárcel. Iba a visitarlo todas las semanas e intentaba animarlo, pero estaba tan asustada, tan sola... –Letty sacudió la cabeza–. A lo único que podía agarrarme era a tu recuerdo.

–¿Mi recuerdo?

–Al menos no te había arrastrado conmigo –susurró ella–. Al menos tú pudiste cumplir tus sueños.

Darius la miró, perplejo. Pero de inmediato entendió lo que pretendía: quería atribuirse el mérito por lo que había conseguido. Hacerle creer que de no haber sido por su sacrificio él no habría podido hacer fortuna. Qué poco lo valoraba, pensó, con el corazón helado.

–¿Y esperas que te lo agradezca?

Ella lo miró, sorprendida.

–Yo...

–Deberías haber hablado conmigo cuando descubriste lo que había hecho tu padre, pero me mentiste. Me apartaste de tu vida. No me pediste ayuda porque me creías tan incompetente e inútil que tenías que sacrificarte para salvarme.

–No –intentó defenderse ella–. Estás equivocado...

–Nunca me has respetado –la interrumpió él, con los hombros tensos de contenida furia–. No has respetado mi inteligencia, ni mi buen juicio, ni mi carácter.

–Yo te quería, pero sabía lo que iba a pasar y no podía dejar que te hundieras con nosotros. Tú no tenías nada...

–Es verdad, no tenía nada –la interrumpió él–. Ni dinero, ni contactos. Tú sabías que no podía pagar a un abogado ni hablar con algún político para que intercediera a vuestro favor, así que decidiste que no te servía de nada.

–No, no –Letty sacudió la cabeza–. Lo que quería decir es que tú no tenías nada que ver con...

–Eras mi prometida, así que tenía todo que ver. Yo hubiera intentado protegerte, consolarte. Pero no me diste esa oportunidad porque pensabas que fracasaría.

–Darius...

–Ahora soy rico y, sin embargo, has intentado desaparecer. No pensabas decirme que estabas embarazada –la acusó él con amargura–. ¿Qué pensabas contarle al niño, Letty?

–No lo sé –susurró ella.

–¿Ibas a decirle que no tenía padre, que yo no había querido saber nada de él, que lo había abandonado?

Esa vieja herida de la infancia, que había creído curada, sacudió el suelo bajo sus pies como un terremoto que amenazaba con tragárselo.

–¡No lo sé! –gritó Letty–. ¡Pero dijiste que me quitarías a mi hijo y no tenía más remedio que salir huyendo!

Darius miró a la mujer a la que conocía de toda la vida. La había querido muchísimo durante un corto periodo de tiempo. La había odiado durante mucho más.

La había querido con tal pasión, con tal fuerza, con tal temeridad. Pero ella había destruido lo que quedaba de su corazón.

Él había sido abandonado por todos los que deberían haberlo querido de niño, pero su hijo, o hija, tendría un lugar en el mundo y jamás dudaría de su propio valor. Y sería querido.

Darius miró a Letty y, de repente, todo le pareció claro como el agua.

Su hijo los necesitaría a los dos.

Letty le había mentido por amor. De verdad había intentado protegerlo y también quería proteger a su hijo.

No lo había traicionado. Lo amaba unos meses antes, cuando engendraron a su hijo. Sí, había mostrado poco sentido común diez años antes al ocultarle la verdad sobre su padre y seguía mostrando poco sentido común al planear escaparse con su hijo...

Darius sintió un escalofrío al pensar en lo que podría haber pasado si Howard no lo hubiese llamado.

Pero no era del todo culpa suya, pensó. Después de amenazarla con quitarle a su hijo era lógico que tuviese miedo. Eso no la convertía en un monstruo y no era razón para separarla de su hijo cuando él mismo sabía lo doloroso que era no tener ni madre ni padre. Ni un sitio en el mundo.

Su hijo tendría un padre y una madre y un hogar seguro.

Y, para eso, debía ganarse su confianza. Él no se dejaba cegar por las emociones. Siempre se centraba en lo que era importante y sabía bien qué era lo importante en ese momento.

Tenía que convertirla en su esposa.

La decisión estaba tomada.

Era la única manera de asegurar el futuro de su hijo, que tendría la estabilidad de un padre y una madre y un hogar permanente.

Además, le susurró su cuerpo, casándose con Letty la tendría de forma permanente en su cama.

–Te he juzgado mal.

Letty lo fulminó con la mirada.

–¡Desde luego!

–Te he tratado mal.

–¿Tú crees?

–Deja que te compense por todo ello –Darius se echó hacia delante en el sofá–. Quiero que te cases conmigo.

Letty se quedó boquiabierta.

–¡Casarme contigo!

–Ahora me doy cuenta de que te culpé a ti por todo, pero no fue culpa tuya, sino de tu padre –anunció Darius con expresión seria–. Él ha arruinado tu vida y no dejaré que arruine la de nuestro hijo.

–Estás loco. Mi padre quiere a este niño tanto como me quiere a mí.

–¿Y qué pasará la próxima vez que un matón decida pedirle cuentas? ¿Y si ese matón decide atacarte a ti?

Letty lo miró con expresión atribulada.

–Eso no va a pasar.

–No, claro que no va a pasar. Porque el niño y tú estaréis a miles de kilómetros de Howard Spencer, a salvo conmigo –Darius se levantó bruscamente–. Tendrás que firmar un acuerdo prematrimonial...

–No voy a firmar nada porque no voy a casarme contigo.

No estaba bromeando ni haciéndose la dura. Parecía hablar en serio y Darius la miró, desconcertado.

Muchas mujeres se morían por casarse con él y había pensado que Letty, sin trabajo, sin dinero, amenazada por todas partes, se mostraría emocionada al escuchar esa proposición.

–Pues claro que quieres casarte conmigo.

–¿Casarme con alguien a quien odio y que me odia a mí? No, gracias.

Darius no se podía creer que estuviera negándose cuando era la solución más práctica. Era la idea del amor, pensó, una vez más interfiriendo con el sentido común.

–¿Lo has pensado bien? –le preguntó, mirándola con frialdad–. Podría llevarte a juicio y alegar que estás incapacitada para cuidar de un niño.

Letty se levantó para mirarlo cara a cara.

–Atrévete.

Darius tuvo que sonreír. Otra cosa que había olvidado sobre el carácter de Letty, que luchaba más por otros que por ella misma.

–¿De verdad crees que podrías soportar una batalla legal por la custodia del niño? ¿Crees que hay montones de abogados dispuestos a ayudar a la hija de Howard Spencer gratis, cuando lo único que conseguirían por ello sería mala publicidad?

Letty se puso colorada, pero levantó la barbilla en un gesto desafiante.

–No lo sé, ya veremos.

Pero bajo esa coraza de valentía, su expresión era tan triste... Darius miró sus pechos, más voluptuosos que antes. En ese momento le pareció la mujer más deseable del mundo, la imagen perfecta de lo que un hombre soñaría en una mujer.

Fueran los que fueran los pecados de su padre, un buen abogado podría presentarla como la pobre e inocente camarera amenazada por un frío y poderoso multimillonario. No tenía garantías de ganar por muchos abogados que contratase y decidió cambiar de táctica.

–¿Nuestro hijo se merece tener unos padres en guerra? ¿Vivir aquí en lugar de vivir en un ático en Manhattan? –Darius señaló el techo agrietado y el papel pintado que se caía a pedazos–. ¿Se merece crecer en la pobreza sin la protección de su padre, sin su cariño?

Letty parecía acongojada.

–Podrías darle tu cariño de todas formas.

–Pero se merece todo lo que pueda darle. ¿De verdad eres tan egoísta como para dejar que sufra solo por orgullo?

Letty no sabía mentir y veía la respuesta en su rostro. Sabía que estaba a punto de conseguir lo que quería: una rendición absoluta.

–Podríamos hacer que nuestro matrimonio funcionase. Nuestro hijo o hija sería nuestra prioridad siempre.

–Hijo –dijo ella sin darse cuenta–. Vamos a tener un niño.

–¡Un niño! –la borrosa idea del bebé de repente se volvió real. Darius podía imaginarse a su hijo sonriendo, jugando al fútbol, riéndose, abrazándolo. Y que ella le hubiese revelado ese detalle demostraba que estaba a punto de aceptar su proposición–. Cásate conmigo, Letty –dijo, dando un paso adelante.

Ella se mordió los labios, insegura.

–Sería un desastre. No solo para mí, para ti también. ¿No sabes cuánto me odia la gente?

–Cuando estés conmigo, no te odiarán –respondió él, convencido.

–Pero no entiendes la situación...

–Creo que estás exagerando –Darius sabía que estaba a punto de ganar y ya estaba imaginándosela desnuda y retorciéndose de deseo en su cama. Pero entonces recordó algo–. Esta noche tengo que acudir a una cena benéfica, el Baile de Otoño. Este año soy el anfitrión y podremos anunciar nuestro compromiso a todo Nueva York.

–Pero... ¿qué dices? Es un error.

–Deja que yo me preocupe de eso.

–Muy bien, pero...

–¿Pero qué?

Una sombra cruzó el rostro de Letty.

–Pero yo ya no te quiero.

Darius experimentó una extraña emoción, pero la aplastó antes de poder identificarla.

–No necesito tu amor y te aseguro que tú tampoco tendrás nunca el mío. El amor es cosa de niños. Solo necesito que aceptes mi proposición. O puedo marcharme e ir directamente a hablar con mi abogado.

Letty suspiró con tristeza.

–Como quieras.

–¿Te casarás conmigo?

Ella asintió con la cabeza y Darius experimentó una oleada de orgullo masculino.

–Buena decisión.

Tomándola entre sus brazos, hizo lo que llevaba seis meses anhelando hacer: besarla.

En el momento en que rozó sus labios supo que estaba perdido y, al mismo tiempo, más feliz que nunca. Su alma, muerta durante tanto tiempo, volvió a la vida.

Letty dio un paso atrás.

–Pero antes me llevarás a la cena benéfica y verás de primera mano lo que significa tenerme como esposa.

–Muy bien...

–Pero recuerda; tú lo has pedido.

Capítulo 5

LETTY estaba furiosa con su padre, pero no quería que se preocupase, de modo que escribió una nota y la dejó sobre la encimera.

He salido con Darius y no pienso volver a dirigirte la palabra.

Darius insistía en comprarle un vestido de fiesta y, aunque ella había intentado protestar, no había manera de convencerlo.

–No tiene sentido anunciar nuestro compromiso en la cena si apareces vestida con harapos. Nadie se lo creería.

–Muy bien, gástate tu dinero en un vestido de fiesta. Me da igual.

Pero, de repente, tuvo la desconcertante sensación de que su vida ya no era suya.

Mientras subía al deportivo el estómago le rugió de hambre, pero no pensaba decir nada. No iba a pedirle comida como si fuera una mendiga.

Cuando Darius subió al asiento del conductor tuvo que apartar la mirada. Tenerlo tan cerca le hacía cosas raras a su corazón. Mientras conducía lo miraba por el rabillo del ojo. Ni siquiera estaba despeinado y parecía mucho más tranquilo que ella.

¿Y por qué no iba a estar tranquilo?

Había ganado.

Ella había perdido.

Era tan sencillo como eso.

O eso pensaba Darius. Letty giró la cabeza para mirar por la ventanilla. Cuando viese cómo sería la vida con una esposa como ella se alejaría de inmediato. Tal vez su padre y ella aún podrían tomar ese autocar con destino a Rochester.

Darius aún no entendía que el escándalo de su padre era algo que él no podía controlar. Por eso le molestaba tanto que hubiera querido protegerlo diez años antes con su silencio. Seguía pensando que, de haber sabido la verdad, podría haber evitado el desastre.

Pero recibiría una buena dosis de realidad esa noche. Descubriría lo tóxico que era el apellido Spencer. Había sido peor diez años antes, durante el juicio, con los reporteros y los clientes furiosos acampados frente al apartamento de su padre en Central Park West.

Darius vería a lo que habría tenido que enfrentarse si se hubiera casado con ella diez años antes en lugar de liberarlo. ¿No entendía que su intención había sido protegerlo?

Sin dejar de mirar por la ventanilla, se secó las lágrimas disimuladamente con el canto de la mano. Pronto se daría cuenta.

Diez años antes, tras la confesión de su padre esa horrible noche, había intentado proteger a Darius y a Eugenios alejándolos de la mansión. Y había suplicado a su padre que se entregase a la policía. Lo hizo unos meses después y los federales se lanzaron sobre él como si fuera el criminal más buscado del país. En seis meses estaba en la cárcel, cumpliendo una condena de nueve años.

Letty había intentado quedarse en alguno de los

pequeños pueblos de Long Island, cerca de Fairholme, pero eso fue imposible. La gente le gritaba e incluso alguna vez le habían arrebatado el bolso para sacar los pocos billetes que llevaba en el monedero, diciendo que su padre les debía dinero. Manhattan era aún peor y, además, no podía permitirse el lujo de vivir allí. De modo que se había mudado a Brooklyn, donde nadie la molestaba y la gente en general era amable con ella.

Pero sin dinero, familia ni amigos, había aprendido de la forma más dura lo que significaba tener que luchar para salir adelante en la vida.

«A nadie le gusta la gente que está todo el día quejándose». «Ayuda a otros, cariño». Letty recordaba las palabras de su madre, tan amable, tan cariñosa. Casi podía ver el brillo de amor en sus ojos. «La mejor manera de sentirse bien cuando estás triste es ayudar a alguien que está peor que tú».

Buen consejo.

Tomando aire, se volvió hacia Darius.

—Háblame de esa cena benéfica.

—Recaudamos dinero para crear becas universitarias de las que se benefician jóvenes con dificultades económicas.

—Ah, eso está bien. Pero no te imaginaba como anfitrión en elegantes cenas benéficas.

Darius se encogió de hombros.

—Tengo tiempo libre y es mejor hacer algo de provecho.

—Podrías ocupar tu tiempo gastando obscenas sumas de dinero con mujeres guapas.

—Eso es exactamente lo que pienso hacer hoy.

—¿Vas a salir con alguien? Ah, ya —dijo Letty, al ver que enarcaba una burlona ceja.

Un minuto después estaban en la Quinta Avenida, llena de exclusivas tiendas de firmas internacionales y pequeñas boutiques menos conocidas, pero igualmente carísimas. La última vez que estuvo de compras allí era una mimada cría de diecisiete años buscando un vestido blanco para el baile de graduación en su exclusivo colegio privado. Entonces tampoco se encontraba a gusto en las fiestas. Era demasiado tímida, demasiado reservada, se sentía demasiado incómoda cuando estaba rodeada de gente.

Y en ese momento estaba igualmente asustada. Cuando miró a la gente que salía de un exclusivo centro comercial, casi esperaba que le dijeran que aquel ya no era su sitio.

–¿Dónde quieres que vayamos primero? –preguntó Darius.

–He cambiado de opinión –respondió Letty–. No quiero ir a esa cena.

–Lo siento, es demasiado tarde.

–Darius...

Ignorando sus protestas, él tomó su mano para entrar en una famosa tienda donde una empleada se acercó de inmediato con dos copas de champán.

–*Monsieur*?

Darius tomó una copa.

–Gracias.

–¿Y para la señora? –preguntó la joven, mirando el abdomen de Letty–. ¿Agua mineral, un zumo?

–No, gracias –respondió Letty, mirando los preciosos y carísimos vestidos, que parecían de la talla 0.

–Creo que necesitamos ayuda –dijo él.

Una elegante mujer de pelo blanco, con un exquisito traje de chaqueta, se acercó entonces.

–Dígame, señor Kyrillos.

–Necesito un vestido de fiesta para mi prometida. Es para esta misma noche.

«Prometida». La palabra hizo que Letty sintiese un escalofrío. Pero era cierto. Había aceptado su proposición.

«Pero no es un compromiso de verdad», se dijo a sí misma, mirando su mano desnuda. No había anillo en su dedo y eso significaba que no era real. Además, el compromiso terminaría esa misma noche.

–Podemos hacer los arreglos esta misma tarde –dijo la mujer–. Acompáñenme.

Los llevó a una zona de la tienda con un sofá de piel y un espejo de tres cuerpos, donde una sucesión de empleadas entraban y salían con toneladas de ropa.

–Se lo probará todo –dijo Darius, sentándose en el sofá cuando sonó su móvil–. Sal cuando tengas algo que enseñarme.

–¿Qué quieres ver?

Él la miró de arriba abajo con una sonrisa sensual.

–Todo.

Su ardiente mirada la hacía sentirse como una diosa del sexo, incluso embarazada de seis meses y con una vieja camiseta.

Suspirando, Letty entró en el probador con un montón de vestidos para una cena que temía más que nada en el mundo.

Tal vez no sería tan horrible, se decía a sí misma. Todo lo que tenía en su armario era comprado en las rebajas de las tiendas del barrio y podría ser divertido ponerse algo bonito que, además, le quedase bien.

Entonces vio la etiqueta del primer vestido y salió del probador.

–¿Por qué no te has cambiado? –preguntó Darius.

–¡El precio de estos vestidos es ridículo! Podemos comprar uno de segunda mano...

–Letty...

–Lo digo en serio. Es absurdo tirar el dinero cuando no vas a volver a verme después de esta noche.

–Deja de decir tonterías. ¿No te encuentras bien? ¿Tienes hambre, sed? ¿Estás cansada?

No pensaba decirle que estaba muerta de hambre, pero su estómago volvió a protestar.

–Bueno... es que me he saltado el desayuno.

No era culpa suya. El bebé la obligó a decirlo.

Darius se volvió hacia una de las empleadas y le pidió un desayuno completo. De inmediato.

–Siempre se te ha dado mejor cuidar de los demás que de ti misma. Siéntate, descansa un momento.

Había un brillo travieso en sus ojos oscuros, pero, por encantador que pudiese parecer en ese momento, no podía olvidar que era un hombre sin corazón. No iba a confundirlo con el chico que había sido una vez por mucho que sus ojos fuesen tan brillantes como entonces y su sonrisa la misma. No, ya no era el hombre al que había amado.

–No puedes pensar que vamos a casarnos de verdad.

–Pues claro que sí. Nuestro matrimonio será legal.

–Quiero decir... –Letty se pasó la lengua por los labios–. Sería solo un matrimonio de conveniencia, por el niño. No vamos a... tú y yo no...

–Te acostarás conmigo –dijo él, quemándola con su ardiente mirada–. Desnuda. Cada noche.

El tono sensual hizo que se le acelerase el pulso.

Pero tenía que resistirse. No pensaba acostarse con él, por seductor que fuese. Había sido virgen hasta los veintiocho años, esperando el amor. Y ese amor había muerto.

–Te quería la noche que engendramos a nuestro hijo, pero todo ha cambiado. Al contrario que tú, yo no puedo tener sexo sin amor –dijo en voz baja–. Sin amor no hay sexo. No puede haberlo.

Darius apretó su mano y Letty tuvo que disimular un estremecimiento.

–Eso ya lo veremos –le dijo al oído.

Capítulo 6

FORTIFICADA por el desayuno, Letty estuvo una hora probándose ropa en la lujosa tienda.

Luego fueron a una famosa joyería, donde Darius, a pesar de sus protestas, le compró un fabuloso collar de diamantes y más tarde a una exclusiva boutique.

Debía reconocer que la trataba como si hacerla feliz fuera su objetivo.

«Porque estoy esperando un hijo suyo», pensó mientras se cambiaba de ropa por enésima vez.

Pero su oscura mirada le decía que era algo más que eso. No solo quería la custodia de su hijo.

También quería poseerla a ella.

«Te acostarás en mi cama, desnuda, cada noche».

Letty sintió un estremecimiento mientras se probaba un vestido de punto en un precioso tono rosa, su color favorito. Le quedaba perfectamente, pero no podía cerrar la cremallera. Era ideal, pero ¿las mujeres embarazadas no solían llevar vestidos anchos?

—Quiero verte —dijo Darius desde fuera. Y, tomando aire, Letty salió del probador.

—¿Qué te parece? —preguntó tímidamente.

Su expresión lo decía todo. Darius se acercó lentamente, mirándola de arriba abajo de una forma que la hacía temblar.

—Este es el vestido —dijo en voz baja.

–Yo creo que es demasiado ajustado.

–Es perfecto.

–No puedo subir la cremallera...

Se quedó sin aliento al sentir el roce de sus manos en la espalda. Sonriendo, Darius le acarició la mejilla y luego deslizó un dedo por su garganta.

–El collar te quedará perfecto con esta piel tan bonita.

Letty se dio cuenta entonces de lo escotado que era el vestido.

–No debería ponerme esto.

–¿Por qué no?

–Es demasiado revelador. Todo el mundo me mirará.

–Te mirarán en cualquier caso.

–Porque soy la hija de un delincuente.

–Porque eres una mujer bellísima.

Letty tuvo que hacer un esfuerzo para tragar saliva.

–No sabes cuánto me odian –murmuró, con los ojos empañados–. Cuando me vean... será como lanzar carne a un tanque de tiburones. Y cuanto más se fijen en mí, más me criticarán –añadió, intentando sonreír–. Parece que estoy quejándome, pero no es así. En realidad estoy acostumbrada, pero...

–¿Pero qué?

Ella bajó la mirada.

–No quiero que digan ninguna grosería sobre ti en esa cena. Y lo harán si soy tu acompañante.

Él le levantó la barbilla con un dedo.

–Yo puedo cuidar de mí mismo, *agapi mu* –dijo en voz baja–. ¿Cuándo vas a aprender eso?

Letty se preguntó si iba a besarla allí mismo. Y no le pareció tan mala idea, pero Darius se volvió hacia una empleada.

–Nos llevamos este vestido, pero necesitamos unos zapatos a juego.

Letty se probó varios pares antes de encontrar unos zapatos de tacón alto tan bonitos que suspiró de alegría.

–Estos –dijo Darius al ver su expresión.

–No, de verdad. Son muy poco prácticos. No volveré a ponérmelos nunca –Letty miraba sus pies mientras intentaba caminar sobre los tacones–. Ni siquiera sé si puedo caminar con un tacón tan alto.

Pero mientras protestaba, no podía apartar la mirada de los preciosos zapatos con cristalitos de color rosa incrustados.

–Nos los llevamos –anunció Darius.

Era absurdo dejar que le comprase tantas cosas cuando después de esa noche no volverían a verse. Lo dejaría todo en el apartamento, decidió. Darius podría devolver la ropa porque no iba a usarla y de ese modo no se sentiría culpable cuando él la apartase de su vida.

Y ese sería un día tan triste...

Letty se llevó una temblorosa mano al corazón. ¿Qué le pasaba? ¿Estaba olvidando sus valores por un par de bonitos zapatos y por el cuerpo de un hombre peligrosamente atractivo?

Pero Darius no era solo atractivo, sino el único hombre con el que se había acostado, el único hombre del que había estado enamorada y el padre del hijo que esperaba. Y la quería en su cama, quería casarse con ella. Era fácil distraerse con esa mezcla de factores.

Poco a poco, iba atrapándola en su mundo, haciéndole recordar lo que era vivir sin que el dinero fuese un problema, sin tener preocupaciones.

Siendo adorada.

Ella había sido una adolescente solitaria, más feliz jugando con los empleados de Fairholme o con las mascotas que con otras chicas. A los catorce años se había enamorado locamente de Darius, el hijo del chófer de su padre, seis años mayor que ella, para quien era invisible. Resultaba curioso pensar que entonces se creía infeliz.

Pero había descubierto muy pronto lo que era ser infeliz de verdad, cuando su querida madre, el corazón de la casa, enfermó repentinamente y murió unos meses más tarde.

Y después, cuando su padre fue a la cárcel... había intentado ser dura, había intentado ser fuerte. Y era tan difícil...

Pero en ese momento...

Por primera vez en muchos años alguien cuidaba de ella. Mientras las dependientas envolvían miles de dólares en vestidos y ropa interior, intentó decirse a sí misma que solo era una ilusión. Exactamente como Cenicienta. A medianoche todo aquello desaparecería.

Darius firmó el recibo de la tarjeta de crédito, mirándola por el rabillo del ojo.

−¿Quieres algo más?

Letty lo miró con el corazón en la garganta mientras negaba con la cabeza.

−No, por favor.

El chófer se había ido en la limusina cargado de bolsas y el guardaespaldas iba delante de ellos, también con bolsas en las dos manos. Darius sonrió mientras entraban en un coche que apareció como por arte de magia.

Tal vez eran las hormonas, pero mientras subían al elegante coche una extraña emoción le encogió el corazón a Letty. Darius había estado a su lado todo el día, pendiente de si tenía sed, si tenía hambre, si estaba cansada. Parecía saberlo antes que ella. y, como por arte de magia, cualquier cosa que desease aparecía de inmediato.

Era como si ya no estuviese sola. Alguien estaba cuidando de ella, alguien fuerte y poderoso. Alguien que la hacía sentirse segura.

«¿Segura?».

Letty intentó escapar de aquella burbuja. Darius era peligroso, egoísta, arrogante y frío.

Él la miró con el ceño fruncido.

—¿Estás llorando?

—No —respondió ella, secándose una furtiva lágrima.

—Letty...

—Lo siento, es que... estás siendo tan amable.

—¿Por comprarte ropa? —preguntó él con tono de incredulidad—. ¿Eso es lo único que hace falta?

Era algo más que la ropa, mucho más, pero no podía explicarlo.

—No debería ir contigo a esa cena.

—Pero vas a ir.

—¿Es que no lo entiendes? Solo te causaré problemas.

—Deja de intentar protegerme, Letty.

—Pero...

—No es tu obligación protegerme. Al contrario, es la mía protegerte a ti y a nuestro hijo. No vuelvas a insultarme insinuando que no soy capaz de hacerlo. ¿No lo entiendes, Letty? Yo cuidaré de ti. Me aseguraré de que nadie vuelva a hacerte daño. Conmigo estás a salvo.

Ella cerró los ojos. Cuánto le gustaría poder creer en él como lo había hecho diez años antes.

La puerta del coche se abrió entonces y Letty se quedó sorprendida al ver que estaban frente a un conocido spa.

–Es el mejor de la ciudad. Collins traerá tu ropa y todo lo demás. Vendré a buscarte a las ocho.

–Pero ¿por qué?

–Mereces que te mimen un poco. Disfrútalo –Darius le apartó suavemente el pelo de la cara–. Volveré pronto a buscarte.

Mientras bajaba del coche, Letty tenía el corazón acelerado y su piel ardía de deseo. ¡Y lo único que había hecho era hablarle al oído!

Aquello era un desastre.

Le temblaban las piernas cuando entró en el fabuloso spa y un equipo de masajistas, estilistas, maquilladores y peluqueros la rodeó, gimoteando por sus descuidadas cutículas, su piel seca...

Se emplearon a fondo para hacer brillar su piel, sus uñas y su pelo y cuando terminaron eran casi las ocho.

Letty se puso el conjunto de ropa interior, el precioso vestido rosa y los brillantes zapatos de tacón. Y se miró al espejo.

Su melena oscura parecía volar alrededor de su cara, el carmín rojo le daba un aspecto sexy y hasta le habían puesto pestañas postizas. Sus pechos, empujados por el sujetador, asomaban por el escote del vestido de punto y sus piernas parecían interminables con los zapatos de tacón. Pero la estrella era su voluptuoso abdomen.

Su imagen la mareaba. Apenas se reconocía a sí misma.

–Espere a que la vea el señor Kyrillos –dijo la dueña del spa, con una sonrisa de oreja a oreja–. Nuestra mejor creación.... Ah, ya está aquí.

Nerviosa, Letty se preguntó si tendría un aspecto ridículo. No podría soportarlo si él parecía abochornado.

Pero la expresión de Darius al verla dejaba claro que estaba gratamente impresionado.

–Estás... increíble –susurró–. Guapísima.

–Tú tampoco estás mal.

La verdad era que no podía apartar los ojos de él. Recién afeitado, con un brillo travieso en los ojos oscuros, era increíblemente apuesto con su elegante esmoquin, evidentemente hecho a medida. Ningún esmoquin comprado en una tienda podía quedar tan perfecto.

Darius le ofreció su brazo y cuando puso la mano en el fuerte bíceps recordó su cuerpo desnudo y poderoso sobre ella. Dentro de ella. Y estuvo a punto de tropezar al recordarlo.

Darius se detuvo.

–¿Estás bien?

–Lo siento, aún no me he acostumbrado a estos tacones –mintió Letty. No podía explicarle que no eran los tacones, sino el recuerdo de esa noche de febrero, cuando engendraron a su hijo.

Una noche que no volvería a repetirse, pensó. Después de la cena, él se alejaría de ella tan rápido que dejaría marcas en el suelo.

La limusina estaba preparada y Collins, el chófer, con uniforme y gorra, les abrió la puerta.

–¿Dónde se celebra la cena este año? –preguntó Letty.

–En el Corlandt –respondió él, nombrando un edificio casi tan famoso con el Metropolitan o el Whitney.

Letty tragó saliva. Era peor de lo que había pensado e intentó levantar un muro alrededor de su corazón para estar bien armada contra cualquier ataque.

Pero su piel era demasiado fina. Con aquel precioso vestido se sentía demasiado visible, vulnerable y descarnada.

Aunque ya no lo amaba, no quería que Darius sufriese por su culpa. Aunque sería por su propio bien. Se daría cuenta de que no había futuro para ellos, pero le aterraba lo que estaba a punto de pasar.

La limusina llegó a su destino y Letty se llevó una mano al corazón al ver a los paparazzi y a la gente que esperaba frente a la alfombra roja. Collins bajó del coche para abrirles la puerta y la multitud empezó a gritar al ver a Darius Kyrillos, el anfitrión de la cena y uno de los solteros más cotizados de Nueva York, con su elegante esmoquin.

Letty estaba tan asustada que no podía salir del coche, pero él apretó su mano en un gesto de ánimo. Cuando por fin salió, alguien la reconoció y la noticia corrió como la pólvora.

Los fotógrafos le gritaban:

–¡Letitia Spencer!

–¿Cómo te sientes ahora que tu padre ha salido de la cárcel?

–¿No te sientes culpable viniendo a la cena con un collar de diamantes?

–Señor Kyrillos, teniendo toda la ciudad a sus pies, ¿por qué ha decidido venir con la hija de un delincuente?

Darius respondió fulminando al reportero con la mirada mientras pasaba a su lado con gesto arrogante, sin soltar la mano de Letty. Solo cuando entraron en el magnífico edificio de granito, después de atravesar las imponentes columnas, Letty exhaló un suspiro de alivio.

–Ya está –dijo él en voz baja, colocándole un mechón de pelo detrás de la oreja–. No ha sido tan horrible, ¿no?

–¿Crees que ha terminado? –preguntó ella, intentando sonreír–. Esto acaba de empezar, Darius.

Una mujer cubierta de joyas entró tras ellos y se le iluminó el rostro al ver a Darius.

–Qué alegría verte. Gracias otra vez por ser el anfitrión de una velada tan importante –empezó a decir–. Aunque creo que habrá muchos corazones rotos cuando vean que has venido acompañado...

Pero, cuando la mujer vio a Letty, su expresión se volvió indignada.

–Hola, señora Alexander –la saludó ella tímidamente–. No sé si me recuerda, pero iba al colegio con su hija, Poppy. Las dos nos presentamos en sociedad el mismo día...

–Basta –la interrumpió la mujer con gesto airado–. No te atrevas a dirigirme la palabra –añadió, volviéndose hacia Darius–. ¿Tú sabes quién es esta chica, lo que ha hecho?

Él la miró con frialdad.

–Claro que sé quién es. Somos amigos desde la infancia y en cuanto a lo que ha hecho... creo que la confundes con su padre.

La mujer se volvió hacia Letty con expresión airada.

–Menuda desvergüenza venir aquí. Tu padre robó dinero prácticamente a todos los invitados. Y tú estás loco por traerla aquí, Darius. Te aconsejo que la pongas en la puerta lo antes posible o te vas a encontrar sin invitados y tu proyecto sufrirá por ello. ¿Y para qué? ¿Para acostarte con esa fulana? –la mujer miró el abdomen de Letty–. O tal vez ya lo hayas hecho.

Letty sintió que le ardía la cara. De repente, se

sentía como una fulana con aquel vestido que destacaba cada curva. Incluso los preciosos zapatos perdie-
ron su brillo.

–Me quedaré solo por respeto a esos pobres chicos
a los que quieres ayudar –anunció la mujer, fulminán-
dola con la mirada antes de darse la vuelta.

La emboscada había dejado a Letty paralizada de
terror.

–No le hagas caso –dijo Darius, poniendo una
mano en su hombro–. Es una bruja.

–Entiendo que esté enfadada –murmuró ella–. Su
familia perdió mucho dinero. Decenas de millones.

–No creo que la afectase tanto porque su presu-
puesto en joyería y cirugía plástica sigue siendo el
mismo. Olvídala. Venga, vamos.

Tomándola del brazo, entró en el salón tan alegremente como un líder revolucionario llevando a una
aristócrata francesa a la guillotina.

Pero no sirvió de nada. El resto de la noche fue lo que
Letty se había temido. Por encantadora y mágica que
hubiera sido la tarde, aquella cena le quitó toda la alegría.

Letty notaba las miradas hostiles, aunque con Darius a su lado nadie fue tan valiente o tan tonto como
la señora Alexander. Nadie le dijo nada a la cara. En
lugar de eso, la alta sociedad de Nueva York se limitaba a mirarla con gesto de horror, como si tuviese
una enfermedad contagiosa, y luego miraban a Darius
como si esperasen una explicación.

Sentía las duras miradas mientras pasaban entre la
gente y, cuando Darius se alejó un momento para buscar una copa, se sintió vulnerable, sola. Miraba al suelo,
intentando ser invisible, como si estuviera enfrentán-
dose con un montón de animales salvajes. Si no se fija-
ban en ella tal vez no la destrozarían con sus garras.

Pero no sirvió de nada.

Un momento después, tres mujeres le interceptaron el paso.

–Vaya, vaya, vaya –dijo una mujer alta y delgada–. Letitia Spencer. Menuda sorpresa, ¿verdad que sí?

–Una enorme sorpresa.

Letty reconoció a Augusta y Caroline, que habían ido al mismo colegio que ella, pero un curso por delante, mirándola como si fueran jueces. La tercera mujer estaba a cierta distancia de las otras dos. Era Poppy Alexander, su antigua amiga y compañera de clase, que la miraba con expresión angustiada.

–Puede que te creas a salvo del brazo de Darius Kyrillos... –empezó a decir Caroline.

–Ah, ahí estás –oyó entonces la voz de Darius a su espalda–. Te he traído algo de beber.

Las mujeres lo saludaron con una sonrisa antes de alejarse, las dos primeras con una mirada venenosa, Poppy con la cabeza baja, sintiéndose culpable y avergonzada.

Emociones que ella conocía mejor que nadie.

–¿Va todo bien? –preguntó Darius.

Ella dejó escapar un suspiro.

–Sí, claro, todo bien.

Eran más de las diez cuando la cena fue servida por fin y Letty se sentó al lado de Darius en la prestigiosa mesa principal. Pero, al notar las miradas de las otras cuatro parejas, apenas pudo probar la ensalada o la langosta con crema de trufa blanca. Esperaba que en cualquier momento alguien rompiese una carísima botella de champán sobre la mesa y la atacase con ella.

Eso hubiera sido preferible al odioso silencio. Durante la interminable cena, Darius intentó entablar conversación con sus compañeros de mesa... y tenía éxito hasta que intentaba incluirla a ella. Entonces la conversación decaía de forma inmediata.

Por fin, Letty no pudo soportarlo más.

–Perdonen –susurró, levantándose de la silla–. Tengo que...

Sin terminar la frase, salió corriendo al lavabo de señoras, donde vomitó violentamente. Después de lavarse la boca se miró al espejo. Se moriría antes de volver al salón para ver a Darius intentando apoyarla. Era inútil.

Sería mejor marcharse discretamente. Mejor para los dos.

Después de mirarse por última vez al espejo del lavabo, con la anticuada elegancia de una época más refinada, salió al pasillo.

Encontró a Darius apoyado en la pared, con los brazos cruzados.

–¿Te encuentras bien?

Estaba enfadado, podía notarlo en su voz, y se detuvo, intentando contener las lágrimas.

–¿No has visto suficiente? No creo que seas tan tonto como para casarte conmigo.

Darius dio un paso adelante y Letty esperó que le dijese que había cometido un error al llevarla allí, que no podía casarse con ella y que no quería volver a verla. Esperó que la liberase.

Aunque pensar eso no la hacía tan feliz como debería.

–No sabía que fuese tan terrible para ti.

Letty llevaba toda la noche conteniendo las lágrimas, pero ya no podía hacerlo porque la ilusión de tener un protector, aunque solo fuese durante unas horas, había sido destruida.

–Pero ahora lo sabes –respondió, intentando sonreír–. Así que mañana me iré a Rochester con mi padre. Tú puedes seguir siendo rico y famoso en Manhattan. Puedes visitar a nuestro hijo cuando quieras... Si aún quieres ver a nuestro hijo, claro.

Los ojos de Darius ardían de furia.

–No.

–¿Qué?

–He dicho que no –repitió él, tomándola del brazo.

–¿Qué estás haciendo?

–Lo que debería haber hecho en el momento que entramos aquí.

La llevaba de nuevo hacia el salón, pero Letty intentó soltarse.

–No, por favor, no puedo volver ahí. No me obligues a hacerlo.

Sin hacerle caso, Darius la llevó al enorme salón, con sus altos techos y sus lámparas de araña. Todos se quedaron en silencio. Letty sentía que la juzgaban, que la culpaban. Sentía su odio.

Sin soltar su mano, Darius tomó una copa de champán antes de subir al escenario y colocarse frente al micrófono.

–Buenas noches –empezó a decir con tono imperioso–. Gracias por venir a mi fiesta, el evento que da comienzo a la temporada social en Nueva York, y gracias por apoyar nuestro programa de becas para jóvenes necesitados. Gracias a vosotros muchos jóvenes con talento podrán ir a la universidad.

El aplauso habría sido más entusiasta si Letty no estuviera a su lado en el escenario. Ella estaba estropeándolo todo, pensó angustiada. Incluso para esos chicos que necesitaban ayuda. Era terrible y se odiaba a sí misma tanto como lo odiaba a él.

Darius la miró entonces y se le encogió el estómago.

«Ahora va a decirlo, va a anunciar que traerme aquí ha sido una broma y hará que me echen». Era veneno para la alta sociedad de Nueva York, de modo que no tenía más remedio que distanciarse de ella. Y eso era lo que Letty había esperado.

Pero no había esperado que le doliese tanto.

—La mayoría de vosotros conocéis a la hermosa mujer que está conmigo, la señorita Letitia Spencer —la presentación fue recibida con abucheos a los que Darius respondió con una sonrisa—. Ya que somos todos amigos, quería que fuerais los primeros en saber que le he pedido que se case conmigo.

Letty lo miró con los ojos como platos. ¿Por qué hacía ese anuncio? ¿Se había vuelto loco?

—Y ella ha aceptado —siguió él tranquilamente—. Así que quiero que seáis los primeros en darnos la enhorabuena.

No solo estaba loco, se había vuelto suicida.

Los abucheos dieron paso a palabras airadas y Letty, instintivamente, se cubrió el abdomen con la mano, como para proteger a su hijo de tanta crueldad.

Pero Darius seguía sonriendo mientras ponía su mano sobre la suya.

—Y estamos esperando un hijo. Todo esto me ha llenado de alegría y quiero compartirla con vosotros. Sé que algunos conocéis la historia de su padre...

Un hombre de pelo blanco se levantó de la silla con gesto indignado.

—Howard Spencer defraudó millones de dólares a mi empresa —exclamó, sacudiendo el puño—. Solo se nos ha devuelto una fracción de lo que nos robó.

—El padre de Letty es un delincuente —asintió Darius—. Abusó de la confianza de sus clientes y sé que la mitad de lo que robó aún no ha sido devuelto, pero ella no hizo nada malo. Su único delito es querer a un padre que no se merece su amor. Por eso he decidido, en honor de mi futura esposa, solucionar la situación.

De repente, todas las mesas quedaron en silencio.

Darius levantó su copa.

–Yo pagaré personalmente cada céntimo que robó su padre.

Un gemido colectivo recorrió el salón de baile.

–Pero... se trata de cinco mil millones de dólares –dijo el hombre de pelo blanco.

–Lo sé –asintió Darius, mirando a su alrededor–. Si Howard Spencer sigue debiéndole dinero, yo garantizaré el pago personalmente. Todo en honor de mi hermosa, inocente e injustamente tratada prometida –volviéndose hacia Letty, Darius levantó su copa de champán–. ¡Por Letitia Spencer!

Los destellos de las cámaras, las exclamaciones, el ruido de sillas apartadas a toda prisa mientras cientos de personas se levantaban con sus copas en la mano dejaron a Letty mareada.

–¡Por Letitia Spencer! –gritaron todos a coro.

Capítulo 7

UN HOMBRE no gastaba cinco mil millones de dólares en un día solo por capricho.

Darius no había tenido intención de hacerlo. Tenía en mente una sorpresa diferente para Letty; algo que guardaba en una cajita de terciopelo negro y que pensaba darle en cuanto terminase la cena y se hubiera demostrado lo infundado de sus miedos.

Pero acababa de entender lo que Letty había tenido que soportar durante esos diez años. Sola. Mientras él había sido libre de vivir una vida anónima y hacer una fortuna.

Cuando la vio salir del lavabo, angustiada y pálida como un fantasma, por fin entendió lo que había sufrido. Y si era así como la gente la trataba estando con él, no podía ni imaginarse cómo habría sido diez años antes, cuando su padre fue detenido.

Se había visto obligado a preguntarse qué habría pasado si Letty hubiese aparecido esa noche cuando iban a escaparse y le hubiera contado la confesión de su padre.

Darius hubiera insistido en casarse con ella. Habría pensado que el ruinoso fondo de inversiones de Howard Spencer no tenía nada que ver con su amor.

Pero, siendo su marido, habría tenido que estar a su lado durante el circo mediático del juicio y tal vez no hubiera conseguido el préstamo que lo ayudó a levantar su empresa de software, contratar empleados, alquilar la oficina. Su nombre se habría visto manchado por ser el yerno de Howard Spencer.

Si Letty no lo hubiese liberado tal vez no habría encontrado trabajo y no habría sido capaz de cuidar de su esposa e hijos. Podría estar viviendo en ese horrible apartamento de Brooklyn, llorando por sus sueños rotos, luchando para dar de comer a su familia. Luchando para no sentirse como un fracasado.

Había sido el sacrificio de Letty lo que le había permitido tener éxito en la vida.

Y seguía intentando protegerlo. Le había advertido de lo que iba a pasar si la llevaba a la cena y, por fin, Darius entendía cómo la habían tratado los miembros de la alta sociedad a la que había pertenecido una vez. La había visto soportar los insultos sin quejarse. El estigma era tan terrible que su presencia no era suficiente para protegerla.

Y él sabía lo que era ser tratado injustamente.

Una vez había sido el chico más pobre del pueblo, del que todos se reían por ser hijo ilegítimo. Pero ahora era el hombre más querido y temido de Heraklios. También le iba muy bien en Manhattan y en Londres. Y en París, en Roma, en Sídney y en Tokio.

El dinero podía comprar desde casas hasta almas.

El dinero hacía al hombre.

Le asombraba que no todo el mundo lo supiera. Algunos creían que el amor era lo más importante. Eran tontos, pensaba Darius, o masoquistas. Él había aprendido la lección. La triste verdad era que el amor solo causaba sufrimiento.

El amor era una pálida imitación del dinero. El amor suplicaba, el dinero exigía.

Cuando vio lo mal que la sociedad de Nueva York había tratado a Letty durante esos años, esa gente que no tenía una fracción de su bondad, su lealtad o su buen corazón, se quedó helado.

Especialmente al darse cuenta de que él la había tratado aún peor. Después de una década ignorándola se había vengado de sus supuestos pecados seduciéndola, insultándola y amenazándola.

Pero pagaría esa deuda, pensó.

No la quería. La parte de su corazón que una vez había ansiado amor había muerto. No quería amar a nadie nunca más.

Pero había otras cualidades en las que sí creía.

Honor.

Lealtad.

Proteger a su mujer.

De modo que solucionaría el asunto de una vez por todas. Letty sería la mujer más popular de Nueva York. Todos los que la habían tratado mal tendrían que suplicar una invitación para su boda.

La miró en ese momento de triunfo. Miró a aquella mujer, su mujer, embarazada y asombrosamente bella que apenas se mantenía de pie sobre los altos tacones mientras cientos de personas aplaudían. Gente que la había tratado como si fuera basura hasta unos minutos antes.

—Señorita Spencer, ¿qué siente al saber que Darius Kyrillos va a pagar los cinco mil millones de dólares que debe su padre? —preguntó un reportero.

—¿Cuándo es la boda?

—¿Cuándo nacerá el niño?

—¿Cómo se siente al ser de repente la chica más popular de Nueva York?

Letty miró a Darius con la expresión de un cervatillo asustado y él se dio cuenta de que no estaba disfrutando tanto como había pensado.

Volviéndose hacia el micrófono con una sonrisa, respondió por ella:

–La boda tendrá lugar pronto. Aún no tenemos planes. Nuestro hijo también nacerá pronto –anunció–. Eso es todo. Gracias por vuestro apoyo. Disfrutad de la noche –añadió, mirando hacia la orquesta–. Que empiece la música.

–¡Inaugura el baile, Darius! –gritó alguien.

La música empezó cuando bajaron del escenario; una lenta y romántica canción que él había pedido a la orquesta porque sabía que le recordaría aquel verano de tantos años atrás.

Y estaba en lo cierto. Letty se quedó inmóvil al escuchar las primeras notas, mirándolo con los ojos de par en par.

–¿Quieres bailar conmigo?

Letty miró a la gente que la había tratado con tanto desprecio durante diez años y que, de repente, sonreían como si fueran sus mejores amigos.

–¿Por qué actúan como si les cayera bien? –preguntó en voz baja.

–A la gente le encanta hablar de decencia y seriedad, pero en realidad se refieren al dinero. Ahora que van a recibir su dinero ya puedes caerles bien otra vez.

Letty echó hacia atrás la cabeza para mirarlo con sus grandes ojos pardos como si fuera un superhéroe que hubiese llegado del cielo.

–¿Por qué lo has hecho? ¿Por qué pagar cinco mil millones de dólares por una deuda que no es tuya?

–¿Te acuerdas de nuestro vals?

Ella arrugó la frente.

–Claro... –Letty miró a su alrededor–. Pero no quiero bailar delante de todo el mundo.

–Baila conmigo –Darius la atrajo hacia sí.

La había deseado siempre, pero al sentir el roce de su abultado abdomen e hinchados pechos la deseó más que nunca.

Como aquel verano, tanto tiempo atrás...

–Vamos a demostrarles que nos importan un bledo –dijo en voz baja.

La llevó a la pista de baile y dio los primeros pasos del vals que él la había ayudado a practicar para su baile de presentación en sociedad diez años antes. Habían practicado ese vals una y otra vez en la exuberante pradera de Fairholme, frente a la bahía.

Habían empezado siendo amigos y habían terminado siendo algo completamente diferente.

Cuando Letty se marchó al baile ese mes de mayo, más guapa que nunca con su vestido blanco, Darius estuvo toda la noche paseando por la pradera, airado, odiando al chico de Harvard que la llevaría del brazo.

Se había quedado sorprendido cuando volvió antes de lo que esperaba y le dijo, mirándolo con los ojos llenos de amor:

–No quería bailar con nadie salvo contigo.

Y entonces él, el hijo del chófer, había hecho lo impensable: la había envuelto en sus brazos para besarla.

Mientras daban vueltas por la pista era como volver atrás en el tiempo. La gente aplaudía y, en ese momento, Darius y Letty eran el rey y la reina de la ciudad, la cumbre de todos sus sueños juveniles.

Pero apenas se fijaba en la gente porque solo existía Letty. Se sentía como si estuvieran de vuelta en la pradera de Fairholme, cuando era un joven ingenuo y entusiasta, dispuesto a comerse el mundo, bailando con la hermosa princesa con la que soñaba cada noche y a la que nunca merecería. Y cuánto la deseaba.

Darius la apretó casi indecentemente contra su cuerpo, más de lo que pedía un vals, y ella levantó sus luminosos ojos conteniendo el aliento. Saltaban chispas entre ellos y Darius dejó de bailar. No podía escuchar la música, solo el torrente de la sangre en sus oídos, los latidos de su corazón.

La necesitaba en su cama.

De inmediato.

La música terminó abruptamente y el salón explotó en un aplauso que resonó en los altos techos. Sin decir una palabra, Darius se abrió paso entre la gente, que se apartaba como por arte de magia. Todos se disculpaban con Letty por lo mal que la habían tratado y Poppy Alexander apretó su mano.

–Lo siento, Letty –se disculpó la joven–. Sabía que lo que pasó no era culpa tuya, pero fui una cobarde...

–No pasa nada –la interrumpió ella, mirando a su alrededor–. No culpo a nadie.

Con el dragón que Poppy tenía por madre era comprensible que hubiese tenido miedo, pero sabiendo lo terrible que había sido la vida de Letty en los últimos diez años, Darius decidió que ninguno de ellos se merecía un segundo más de su tiempo y tiró de ella sin mirar atrás. No le importaba nada ni nadie en ese momento salvo llevarla a su cama.

Collins se apresuró a abrirles la puerta de la limusina y en cuanto estuvieron en el interior Darius la tomó entre sus brazos para besarla.

Sus labios eran dulces como el pecado y el roce

de sus curvas lo excitaba como nunca. Tenía que hacerla suya.

–¿Señor Kyrillos? –lo llamó Collins desde el asiento del conductor.

–A casa –respondió Darius con voz ronca–. A toda velocidad.

Luego pulsó el botón que subía el cristal separador porque no estaba dispuesto a compartirla con nadie. Ya la había compartido más que suficiente.

Era suya, solo suya.

La besó apasionadamente mientras la limusina recorría las iluminadas calles de la ciudad a medianoche, pero lo único que podía ver era el rostro de Letty. Lo único que podía sentir era el suave roce de su pelo, el calor de su piel como la seda. La empujó contra el asiento, devorando sus labios, besando su cuello, pasando las manos por sus generosos pechos, que casi escapaban del vestido rosa.

La besó salvajemente, mordiéndole y chupándole el labio inferior. Un gemido de deseo escapó de la garganta femenina mientras le devolvía el beso con la misma pasión, agarrándose a sus hombros. Darius tenía que hacer un esfuerzo sobrehumano para no tomarla allí mismo, en el asiento de la limusina. Iba a bajarse la cremallera del pantalón cuando se dio cuenta de que el coche se había detenido. Justo a tiempo, pensó.

Porque no era así como quería que fuera esa noche, rápido y brutal en el asiento de la limusina. No. Después del desastre de la primera vez, cuando le quitó la virginidad para después insultarla y echarla de su casa, quería que aquella noche fuese perfecta.

Por fin trataría a Letitia Spencer, la prohibida princesa de su juventud, como merecía ser tratada.

La disfrutaría como merecía disfrutarla.

Del todo.

Estaba tirando hacia arriba del corpiño del vestido para ocultar sus pechos cuando la puerta se abrió.

–Ya hemos llegado, señor Kyrillos.

Entraron en el edificio a toda prisa y en cuanto la puerta del ascensor se cerró tras ellos cayeron uno en brazos del otro. Darius la empujó contra la pared, besándola ansiosa, desesperadamente.

–Sigo sin creer que vayas a hacer lo que has dicho –murmuró Letty.

–¿Besarte?

–No, gastarte cinco mil millones de dólares. ¿Por qué lo has hecho?

–¿No lo sabes? ¿No te das cuenta?

Letty negó con la cabeza.

–Tú odias a mi padre...

–No lo he hecho por él.

–¿Por tus amigos entonces?

–No son mis amigos.

–Por las otras víctimas entonces, la gente que perdió su pensión; enfermeras, bomberos...

–No soy tan noble.

La puerta del ascensor se abrió y entraron en el ático, iluminado por la luna. Letty podía oír el repiqueteo de sus tacones sobre el suelo de mármol.

–Entonces, ¿por qué? –le preguntó.

–No podía soportar que te tratasen tan mal –respondió Darius– cuando lo único que has hecho es darle tu apoyo a alguien que no se lo merece.

Letty se mordió los labios.

–Sé que mi padre no es perfecto...

–¿Perfecto? Es un delincuente. Pero ahora estás bajo mi protección.

—¿Tu protección o tu autoridad?

—Es lo mismo. Yo protejo lo que es mío.

—Nuestro hijo.

Sus ojos se encontraron.

—Y a ti.

Letty no sabía qué decir y Darius se preguntó cuándo fue la última vez que alguien cuidó de ella. Sospechaba que siempre se sacrificaba por los demás, especialmente por su padre, mientras su propio corazón se rompía.

—Pero yo no soy tuya –dijo por fin–. Este embarazo fue un accidente y no pensé que hablaras en serio del matrimonio.

—Pero así es.

—Ese es un compromiso muy serio, Darius. Significa... para siempre.

—Lo sé.

Ella tragó saliva.

—Pensé que, después de esta noche, no querrías saber nada de mí.

Él se llevó su mano a los labios y Letty contuvo el aliento.

—Quiero verte mañana y todas las mañanas durante el resto de nuestras vidas.

—Darius...

—Vas a casarte conmigo, Letty –dijo él en voz baja–. Tú lo sabes y yo lo sé. En tu corazón, siempre has querido ser mía.

¿Casarse con él de verdad?

¿Cómo iba a hacerlo?

Aunque Darius no la odiase, tampoco la amaba. Y ella empezaba a temer que fuese demasiado fácil amarlo de nuevo.

¿Qué esperanza había de que fueran felices?

Él nunca la querría. Lo único que deseaba era poseerla. Le ofrecía sexo y dinero y, a cambio, esperaría sexo y total devoción. Para ella, esas dos cosas iban juntas. No tendría solo su cuerpo, sino su alma.

Entonces, ¿por qué la tentación era tan fuerte?

Se estremeció, atrapada entre el miedo y el deseo.

–¿Tienes frío? –le preguntó él con voz ronca.

–No, yo... –Letty se abrazó el abdomen–. Necesito un poco de aire fresco.

–Ven conmigo.

Sin soltar su mano, Darius atravesó el ático y ella pensó que estaba acostumbrándose a seguirlo a todas partes. Y, si era sincera consigo misma, debía confesar que no le importaba.

Seguía sin creerse lo que había hecho; anunciar su compromiso, defenderla delante de toda esa gente y luego afirmar públicamente que pensaba pagar los miles de millones de dólares que su padre nunca podría pagar.

Darius tenía razón, era suya. Desde el principio, Darius Kyrillos había sido el único hombre en su corazón. El único hombre al que había amado.

«Ya no le quiero», se dijo a sí misma desesperadamente. No dejaría que la comprase.

Darius la llevó por una escalera y abrió una puerta de cristal que conducía a una terraza privada con jardín.

Letty se quedó atónita al ver los muros cubiertos de hiedra y la pérgola cubierta de lucecitas frente a una piscina de brillante agua azul.

Sobre ellos, las lejanas estrellas relucían como diamantes en el aterciopelado cielo negro. Al otro lado de la barandilla de cristal, brillaban las luces de Manhattan.

Darius se apoyó en la barandilla, sin miedo a caer desde un piso setenta, y miró la ciudad en silencio.

Letty se acercó, con el corazón acelerado.

–Esta terraza es asombrosa. Una terraza con flores en el corazón de Manhattan.

–Las flores me recuerdan a mi casa –dijo él sencillamente. Letty se preguntó si se refería a Grecia o a Fairholme, pero no tuvo el valor de decirlo en voz alta.

–Ahora eres el rey de la montaña –dijo en cambio, admirando la maravillosa vista–. Mirando un valle de rascacielos.

Darius se volvió y luego, abruptamente, clavó una rodilla en el suelo y sacó una cajita de terciopelo del bolsillo del esmoquin.

–Gobierna el mundo conmigo –dijo en voz baja–. Sé mi esposa.

Temblando, Letty se llevó una mano al corazón.

–Ya te he dicho...

–Dijiste que sí cuando pensabas que iba a echarme atrás. Esta es una proposición de verdad y espero una respuesta de verdad –Darius abrió la cajita de terciopelo–. Letty Spencer, ¿me harás el honor de casarte conmigo?

Dentro de la caja había un enorme anillo con un diamante en forma de pera. Era el diamante más grande y más asombroso que había visto nunca.

Pero no fue por eso por lo que se quedó sin aliento, sino por la expresión de Darius, por sus ojos oscuros, anhelantes. Mientras la miraba a la luz de la luna, Letty vio al hombre que la había quemado con la intensidad de sus besos. El hombre que había desafiado a la alta sociedad de Manhattan y prometido pagar cinco mil millones de dólares por ella. El hombre cuyo hijo esperaba.

En sus ojos vio la sombra del joven al que una vez había querido, fuerte y amable, con un corazón generoso. El chico al que había amado apasionadamente.

Eran el mismo hombre.

Su corazón se detuvo durante una décima de segundo.

«Es una ilusión», se dijo a sí misma desesperadamente. «No es el mismo».

El diamante brillaba como las estrellas, como las luces de aquella poderosa ciudad.

–Nos destruiría –dijo con voz temblorosa. Aunque lo que realmente quería decir era: «Me destruiría».

Darius se levantó y puso una mano sobre su mejilla.

–Di que sí –susurró, inclinando la cabeza–. Di que serás mía.

La besó, con ternura al principio, y luego de forma apasionada. Letty sintió el calor de sus labios, el firme abrazo, que se volvió hambriento, cargado de deseo, y se agarró a sus hombros hasta que Darius se apartó.

–Dilo –le ordenó.

–Sí –consiguió decir ella.

–¿De verdad?

–De verdad.

–No habrá marcha atrás –le advirtió él.

–Lo sé –Letty intentó ignorar los salvajes latidos de su corazón. ¿Latía de emoción, de terror?

Equivocada o no, desastre o no, no había nada más que hacer. Lo que decía era cierto; siempre había sido suya. En muchos sentidos, esa decisión había sido tomada mucho tiempo atrás.

Darius le puso el anillo en el dedo. Le quedaba perfecto y Letty miró el diamante brillando a la luz de la luna.

—¿Cómo sabías mi talla?

—Es el mismo anillo.

—¿Qué?

—Es el mismo que compré para ti hace diez años —respondió Darius en voz baja—. Solo he cambiado la piedra por otra de más valor.

Saber que había conservado el anillo original durante todos esos años hizo que se le encogiera el corazón. Dijera lo que dijera ¿no significaba eso que aún le importaba, al menos un poco?

¿Podría un amor perdido ser recuperado?

—Darius...

—Ahora eres mía —susurró él, besando su frente, sus párpados, sus mejillas—. Eres mía para siempre.

La besó en los labios como si fueran de su propiedad, acariciando sus pechos por encima del vestido, empujándola hacia el muro cubierto de hiedra. Sobre ellos, las lucecitas de la pérgola se movían suavemente con la brisa y los rascacielos de Manhattan iluminaban el oscuro cielo.

Letty cerró los ojos. Estaba sin aliento, como si aquello fuera un sueño.

Darius besó el collar de diamantes y el valle de entre sus pechos, medio desnudos por encima del corpiño. Luego, tomándola en brazos, la llevó a una alcoba protegida de las miradas curiosas por dos muros, con dos sofás de piel alrededor de una chimenea que se encendió sola cuando él pulsó un botón.

Se miraron el uno al otro en silencio mientras Darius se quitaba la chaqueta del esmoquin y la dejaba caer sobre el suelo de piedra. Luego, sin decir nada, le desabrochó la cremallera del vestido. Letty sintió el roce de sus dedos y luego el fresco aire de la noche en su piel desnuda cuando la prenda cayó al suelo. Se quedó solo con el collar de diamantes, el sujetador y las bragas de encaje y los zapatos de tacón.

Darius dio un paso atrás para mirarla.

–Increíble –murmuró con masculina admiración. Y Letty se dio cuenta de que, como había prometido, estaba viéndola en ropa interior.

–¿Siempre consigues lo que quieres?

–Siempre –respondió él acariciándole la mejilla–. Y, ahora, tú también lo harás.

Sonriendo, Letty le tiró de la corbata para besarlo. Era la primera vez que daba el primer paso y Darius dejó escapar un rugido de aprobación mientras la besaba apasionadamente.

Acariciaba sus brazos desnudos, sus hombros, la curva de su espalda. Y, de repente, Letty tenía prisa por quitarle la ropa. La corbata, los gemelos, la camisa. Todo cayó al suelo.

Su cuerpo bronceado, cubierto de suave vello oscuro, parecía una escultura de mármol. La piel de su torso era como acero envuelto en seda...

–Soy tuya, Darius –susurró–. Y tú eres mío.

El suave viento susurraba sobre su desnuda piel mientras él le desabrochaba el sujetador para liberar sus pechos e inclinaba la cabeza para chupar un rosado pezón, luego el otro.

Temblando de placer, Letty cerró los ojos mientras Darius le acariciaba casi con reverencia los pechos, el desnudo abdomen, las caderas...

Luego se inclinó para quitarle los zapatos y Letty permaneció de pie a duras penas mientras le acariciaba los dedos de los pies, las pantorrillas. Tragó saliva, conteniendo el aliento cuando empezó a acariciar el interior de sus muslos.

Cerró los ojos mientras él tiraba de las bragas y las rasgaba, impaciente, con sus poderosas manos, apartando a un lado la prenda.

–Eran caras –protestó Letty.

Darius esbozó una sonrisa.

–Ya han servido a su propósito.

Letty experimentó un momento de pánico al preguntarse si también ella sería descartada algún día porque ya había servido a su propósito. Si Darius algún día la desgarraría para luego echarla de su lado.

Pero dejó de pensar cuando él le sujetó las caderas y se colocó entre sus piernas.

Sintió el calor de su aliento en su parte más íntima, el roce de la brisa sobre su piel. Uno de los millonarios más famosos de Nueva York se arrodillaba delante de ella en la terraza de un rascacielos. Sí, era como un sueño.

Darius inclinó la cabeza para lamerla como si fuese un helado de su sabor favorito, cremoso y dulce. Cuando oyó sus gemidos de placer aumentó el ritmo, hundiendo la lengua en su interior hasta que explotó de placer, clavando las uñas en sus hombros. Darius le sujetó las caderas, manteniéndola firmemente en su sitio mientras seguía lamiéndola, haciendo que se retorciese de gozo.

Seguía mareada de placer cuando Darius se incorporó y la llevó al sofá. Se tumbó desnudo sobre el cuero negro, tan duro y erguido que Letty se mordió los labios.

–¿Qué ocurre?

Ella intentaba no mirar el enorme y rígido miembro que sobresalía de forma arrogante de entre un nido de rizos oscuros.

–¿Qué tengo que hacer?

Darius esbozó una sonrisa mientras tiraba de ella.

–Yo te enseñaré –dijo con voz ronca.

La tumbó a su lado en el sofá y alargó una mano para acariciar su mejilla. Mientras la besaba, su largo pelo oscuro caía como un velo sobre su piel.

Letty se relajó mientras acariciaba su espalda, sus brazos, sus pechos. Pero luego buscó sus labios apasionadamente, casi con fiereza. Poniendo las manos en sus caderas, la levantó un poco para colocarse debajo y empujó hacia arriba, llenándola centímetro a centímetro como a cámara lenta.

Darius movía sus caderas arriba y abajo, mostrándole el ritmo que quería hasta que su cuerpo empezó a moverse como por voluntad propia.

Cerrando los ojos con ferviente intensidad, lo montó lentamente al principio, luego más rápido. El placer se convertía en un tormento...

Abrió los labios para dejar escapar un grito de placer. Era como un estallido de fuegos artificiales que la hizo temblar de arriba abajo. Un segundo después, oyó un gemido ronco cuando también Darius explotó dentro de ella y cayó sobre su torso, suspirando.

La abrazó tiernamente durante unos minutos, con sus cuerpos aún íntimamente unidos, cubiertos de sudor. Era tan sólido debajo de ella, como una base que no podría ser sacudida por nada ni por nadie.

Letty tembló entre sus brazos. Empezaba a refrescar, pero esa no era la razón.

La idea de ser la esposa de Darius le había parecido una receta para el desastre y lo sería si se veía tentada de entregarle su corazón mientras, a cambio, él solo le daba dinero.

Entonces miró el pesado anillo de diamantes brillando en su mano izquierda.

Si Darius volviera a ser el joven al que recordaba, con su amable naturaleza y su buen corazón, podría entregárselo todo. No solo su cuerpo, no solo su nombre, sino su corazón.

Capítulo 8

ERA un genio, pensó Darius a la mañana siguiente, con la luz del sol entrando por las ventanas del dormitorio. Cuando miró a Letty, que dormía a su lado, tuvo que sonreír. Un genio. Los cinco mil millones de dólares mejor gastados de su vida.

Y pasaría el resto de su vida emocionado si todo seguía así. El sexo había sido espectacular. Y había algo más, Letty lo miraba de otra forma y le encantaba la mezcla de gratitud y tímida esperanza que veía en sus ojos.

La besó suavemente en la sien y ella bostezó, estirándose como una gata.

–¿Qué hora es? –murmuró, sin abrir los ojos.

–Tarde –respondió él–. Casi las doce.

Letty abrió los ojos de inmediato.

–Oh, no. Llego tarde para... –entonces recordó cuántas cosas habían cambiado en las últimas veinticuatro horas–. Ah, espera.

Se había ruborizado y a Darius le pareció tan adorable que sintió la tentación de retenerla en la cama una hora más.

Era increíble cuánto la deseaba. Habían hecho el amor cuatro veces la noche anterior; en la terraza, en su cama, en la ducha... solo para volver a sudar enseguida cuando volvieron a la cama.

Era como si Letty estuviera hecha para ser suya, se

maravilló. Nunca se había sentido tan satisfecho en toda su vida.

Y ya quería más. ¿Cómo era posible?

–¿Tienes hambre?

–Sí –admitió ella–. Y sed.

–Eso puede arreglarse –levantándose de la cama, Darius tomó un albornoz blanco y le ofreció otro–. Ven, vamos a desayunar.

–¿Y si tus empleados nos oyeron anoche? ¿Y si...?

–Ninguno de ellos vive aquí. Tengo una empleada de hogar que viene cuatro días a la semana, nada más.

–Entonces, ¿quién va a cocinar?

–Yo, por supuesto.

–No sabes cocinar, no te creo.

–¿Ah, no? –Darius esbozó una sonrisa–. Ven y lo verás.

Unos minutos después estaba sentada en la alegre cocina mientras él servía una tortilla con tomates, beicon y cinco clases de queso. Letty probó la tortilla y cerró los ojos, encantada.

–Rica, ¿eh? –Darius sonrió, travieso, sentándose a su lado.

Las proezas sexuales tenían que haberle abierto el apetito. Pero, si él se sentía como un héroe, ella se sentía como una diosa del sexo.

–Deliciosa –murmuró–. Deberíamos servir tortillas en la boda.

–Agradezco el cumplido, pero no me veo haciendo tortillas para mil personas.

–¿Mil personas?

Darius se encogió de hombros.

–Nuestra boda será el acontecimiento social del año, como tú te mereces. Toda la alta sociedad de Nueva York acudirá para arrastrarse a tus pies.

Letty no parecía emocionada con la idea.

–No es eso lo que quiero.

–¿No? –Darius le apartó un mechón de pelo de la cara, mirando la sensual clavícula y el nacimiento de sus pechos bajo el escote del albornoz. Sentía la tentación de quitárselo y tumbarla sobre la mesa, pero sabía que no era el momento.

–Una boda debería ser una ocasión feliz. Esa gente no son mis amigos, no lo fueron nunca. ¿Por qué vamos a invitarlos?

–¿Para pasarles tu nuevo estatus por las narices? Pensé que te gustaría recuperar tu estatus de reina de Nueva York.

–¿A mí? –Letty hizo una mueca–. Nunca fui la reina de nada. De adolescente nunca sabía qué ropa ponerme y no entendía los juegos de sociedad.

Darius frunció el ceño.

–Yo nunca te vi de ese modo. Pensé que...

–¿Que era una princesita mimada? Bueno, era bastante mimada, pero no en ese sentido. Siempre supe que mis padres me querían –Letty hizo un gesto de tristeza–. Mis padres se querían el uno al otro y me querían a mí.

La venganza no era lo suyo, pensó Darius. Ella nunca iba de diva ni hacía que otros se sintieran mal. Siempre se había sentido más cómoda leyendo en la biblioteca de Fairholme, haciendo pasteles con la cocinera o jugando con los gatitos del jardinero. Letty nunca quería ser el centro de atención. Siempre estaba más preocupada por los demás que por ella misma.

En eso eran muy diferentes.

–Y tenía un hogar de verdad –siguió ella.

Darius recordó la hermosa mansión de piedra gris situada al borde del mar.

−¿Sigues echando de menos Fairholme después de tanto tiempo?

Letty esbozó una triste sonrisa.

−Sé que ha desaparecido para siempre, pero sigo soñando con ella. Mi madre nació allí. Cuatro generaciones de mi familia nacieron allí.

−¿Qué fue de la casa?

−Un multimillonario la compró a un precio irrisorio. Oí que había puesto alfombras de piel de cebra y había convertido el cuarto de los niños en una discoteca. Y no me dejó hacer una fotografía del fresco de mi bisabuela antes de pintar encima.

Darius sacudió la cabeza. Recordaba el fresco pintado en la pared del cuarto de los niños, una encantadora monstruosidad con una niña de ojos tristes llevando patos y ocas a través de lo que parecía un pueblo bávaro. No era de su estilo, pero era parte de la historia de la casa.

−Lo siento.

Letty intentó sonreír.

−No pasa nada, no podía durar. Las cosas buenas no duran para siempre.

−Y las malas tampoco −dijo él−. Nada dura para siempre.

−Sí, claro, tienes razón −Letty envolvió su vientre con los brazos−. Pero yo no quiero una boda multitudinaria, Darius. Creo que me gustaría más si fuéramos solo tú y yo y nuestros parientes y amigos más íntimos. No necesito damas de honor, solo una.

−¿Una vieja amiga?

−Una nueva amiga, en realidad. Belle Langtry, una camarera con la que trabajaba. ¿Y tú? ¿A quién llevarías como padrino?

−A Santiago Velázquez, un amigo muy peculiar. Y

a mi familia, por supuesto. Mi tía abuela, Ioanna, que vive en Atenas. Y a mis tíos y primos de Heraklios, la isla en la que nací.

–Mi padre también estará, claro –dijo Letty.

Darius se puso tenso.

–No. Él no está invitado.

–Pues claro que está invitado. Es mi padre. Sé que no te cae bien, pero es mi único pariente.

–Letty, pensé que lo habías entendido –dijo Darius con voz helada–. No quiero que ni tú ni nuestro hijo os acerquéis nunca a ese hombre.

–¿Qué?

–No es negociable. Yo pagaré todo lo que tu padre robó, pero este es el precio; no volverás a verlo. Lo apartarás de tu vida para siempre.

–Pero es mi padre y le quiero...

–Perdió el derecho a tu cariño hace mucho tiempo. ¿Crees que quiero a un estafador, un ladrón, con mi mujer y mi hijo en mi casa? No, lo siento, Letty.

–Pero él no tenía intención de hacer daño a nadie. Siempre esperaba que la bolsa diese un vuelco para poder devolver el dinero a todo el mundo. Perdió la cabeza cuando mi madre murió y no está bien desde que lo enviaron a la cárcel. Si supieras por lo que ha tenido que pasar...

–Excusas, nada más. ¿Esperas que sienta compasión? –exclamó Darius, incrédulo–. ¿Porque está enfermo, porque perdió a su mujer? Por su culpa tú y yo nos separamos. Por su culpa, mi padre murió de un infarto después de haber trabajado lealmente para él durante casi veinticinco años. ¡Y así fue como tu padre le devolvió su lealtad!

–Darius, por favor.

–¿Esperas que permita que ese hombre te lleve a la

iglesia? ¿Que tenga a mi hijo en sus brazos? No –anunció él–. Es un monstruo. No tiene ni conciencia ni alma.

–Pero tú no le conoces como yo.

Recordando la debilidad de Letty por su padre, Darius cambió abruptamente de táctica.

–Si le quieres de verdad, harás lo que te pido. También será bueno para él.

–¿Cómo puedes decir eso?

–Una vez que haya pagado sus deudas podrá buscar un trabajo.

–No puede trabajar, nadie lo contrataría. Se morirá de hambre.

Darius tenía un nudo en el estómago, pero se obligó a decir:

–Yo me encargaré de que tenga todo lo que necesita. Podrá seguir en el apartamento de Brooklyn y yo pagaré el alquiler. Siempre tendrá comida y todo lo demás, pero debe enfrentarse a las consecuencias de sus actos.

–¡Pero estuvo nueve años en la cárcel!

–Ya te ha robado bastante, Letty. Tu futuro está conmigo.

Darius se levantó para tomar su móvil.

–Llámalo. A ver lo que te dice.

Letty miraba el móvil como si fuera una serpiente venenosa, pero marcó el número de su padre.

–Hola, papá... sí, lo siento. Entiendo que te hayas preocupado. Debería haberte llamado antes... ¿ah, sí? –murmuró, mirando a Darius–. El anuncio de que pagarás los cinco mil millones de dólares ha salido en las noticias. Mi padre está encantado.

–Ya, claro.

–¿Qué? Ah, sí... somos muy felices –Letty se mordió los labios–. Pero hay una cosa, papá. Es horrible y yo... –se le quebró la voz– no sé cómo decírtelo. Yo no podré volver a verte y tú no podrás ver a tu nieto.

Darius observó su expresión mientras escuchaba la respuesta de su padre. Parecía más triste que nunca.

Pero él bloqueó toda piedad de su corazón. Estaba siendo cruel para salvarla de su propia debilidad, de su débil corazón.

–No –susurró ella–. No voy a abandonarte, papá. No es eso... –la vio escuchar durante unos segundos con cara de pena–. Muy bien, papá. Yo también te quiero mucho –las lágrimas rodaban por su rostro cuando le entregó el teléfono–. Quiere hablar contigo.

Darius torció el gesto.

–¿Qué quiere? –le preguntó con frialdad.

–Darius Kyrillos –enseguida reconoció la voz de Howard Spencer. Aunque había envejecido y parecía temblorosa, casi podía ver su sonrisa–. Recuerdo cuando llegaste a Fairholme siendo un niño. Apenas hablabas el idioma, pero incluso entonces eras un chico estupendo.

Había llegado a Fairholme con un padre que era un extraño para él, un crío solitario de once años acongojado por la muerte de su abuela. Estados Unidos era un país nuevo cuyo idioma desconocía y echaba de menos Grecia. Entonces Howard Spencer le parecía un rey imponente, pero lo había recibido con cariño. Incluso le había pedido a su hija de cinco años que cuidase de él. A pesar de la diferencia de edad, Letty, con su generoso corazón, compartió con él sus juguetes y le enseñó la pradera y la playa. Y Howard, su padre, le hacía regalos en Navidad y siempre le decía que podría llegar a ser cualquier cosa que quisiera.

Incluso pagó sus estudios de Informática en la universidad local.

Al recordar todo eso, Darius se sintió culpable, pero se apresuró a justificar sus actos. Muy bien, Howard Spencer había pagado sus estudios... ¡usando dinero robado a sus inversores!

–Sí, un buen chico –repitió Howard–. Pero testarudo y orgulloso. Siempre tenías que hacerlo todo solo. Letty era la única que podía ayudarte. E incluso entonces, siempre pensabas que tenías que dar tú las órdenes. Nunca has reconocido su talento.

–¿Qué quiere decir?

–Cuida de mi hija –respondió Howard–. De Letty y de mi nieto. Sé que lo harás. Esa es la única razón por la que acepto este acuerdo.

Después de decir eso cortó la comunicación.

–¿Qué te ha dicho? –preguntó Letty.

–Ha dicho... –Darius miró el teléfono en su mano con cara de asombro.

Maldita fuera. Estaba jugando con él, confiando en que Letty lo convencería después de la boda y haría que lo perdonase.

Pero no lo perdonaría nunca. Se moriría antes de dejar que ese hombre volviese a sus vidas.

–Cuéntame qué ha dicho –le rogó Letty.

Darius se volvió con una irónica sonrisa en los labios.

–Nos ha dado su bendición.

Ella dejó caer los hombros.

–Eso es lo que me ha dicho a mí también.

De modo que su teoría era correcta. Qué inteligente era el muy canalla, pensó. Howard sabía cómo tocar el corazón de su hija, pero a él no podría manipularlo. El viejo terminaría sus días solo en ese horrible apartamento, con nadie a quien amar. Justo lo que se merecía.

Y ellos vivirían felices para siempre.

Darius miró a Letty con ternura.

Después de casarse sería legalmente suya para siempre y despreciaría a su padre tanto como él. O, al menos, se olvidaría de Howard Spencer.

Solo lo querría a él, solo le sería leal a él.

Él no le correspondería, por supuesto. Ya no creía en el amor, pero esa engañosa ilusión seguía siendo algo mágico para Letty, y sabía que era la única forma de atarla a él y hacerla feliz. Por sus hijos, tendría que hacer que lo amase.

–Has hecho lo que debías –murmuró, tomándola entre sus brazos–. Nunca lo lamentarás.

–Ya lo lamento, Darius.

Él se inclinó para borrar sus lágrimas con los labios y la sintió temblar.

–Deja que te consuele –Darius alargó un brazo para apartar los platos y los vasos, que cayeron al suelo con estruendo. Luego colocó a su futura esposa sobre la mesa y le hizo el amor hasta que lloró. Lágrimas de alegría, se decía a sí mismo. Eran lágrimas de alegría.

Letty nunca había soñado con una gran boda. Pensaba que si se casaba alguna vez lo haría con un sencillo vestido blanco y un ramo de novia. Y su padre estaría a su lado.

En aquella boda no habría nada de eso.

Se casaron dos días después de la proposición de Darius y su boda fue la más triste del mundo.

Culpa suya, pensó, mientras estaba frente al juez murmurando promesas de amor y respeto. Solo podía culparse a sí misma.

Bueno, y a Darius.

Después de hablar con su padre, Letty estaba demasiado triste como para planear la boda. Su corazón estaba vacío y afligido.

–¿Quieres que nos casemos en Hawái? –había intentado animarla Darius–. ¿Una boda en la nieve, en Sudamérica? Si quieres, podemos alquilar la Ópera de Sídney. Solo tienes que pedirlo.

Ella lo había mirado con expresión acongojada.

–Lo que quiero es que mi padre esté a mi lado. Sin amor, ¿qué más da cómo sea la boda?

La temperatura de la habitación había descendido varios grados.

–Muy bien –había asentido él con expresión helada–. Si eso es lo que sientes, podemos casarnos en el Juzgado.

–Muy bien –había dicho ella en el mismo tono.

De modo que fueron al juzgado de Chinatown esa misma tarde y, mientras el juez pronunciaba las palabras que la atarían a Darius para siempre, Letty no podía dejar de pensar que estaba traicionando a su padre. El hombre que la había enseñado a patinar por los largos pasillos de Fairholme, quien le había enseñado a jugar al ajedrez durante los días de lluvia. El hombre que le había dicho mil veces cuánto la quería.

–He metido la pata –le había dicho con tristeza el día que salió de la cárcel–. Pero te juro que te compensaré, Letty. Te devolveré la vida que has perdido...

Jamás la había criticado por quedarse embarazada sin estar casada. Al contrario, se había mostrado encantado de tener un nieto. Ni siquiera la había criticado cuando le dijo que no podría volver a verlo.

–Hazlo, cariño –la animó su padre–. Cásate con él. Es lo que siempre has querido. Sabiendo que eres feliz, yo también lo seré.

Letty parpadeó para controlar las lágrimas cuando oyó al juez decir solemnemente:

–Yo os declaro marido y mujer.

La ceremonia había durado exactamente tres minutos y, cuando Darius se inclinó para besarla, el instinto hizo que girase la cabeza para ofrecerle la mejilla.

Y la mirada de su flamante marido se volvió radioactiva.

–Me alegro mucho por ti –Belle suspiró, evidentemente atrapada en una imagen romántica que no tenía nada que ver con la realidad–. Hacéis una pareja perfecta.

–Vives en un cuento de hadas –murmuró Santiago Velázquez–. Apenas pueden soportarse.

Su amiga lo miró, irritada.

–Qué antipático eres.

–Te has casado con ella porque estaba embarazada, ¿verdad, Darius?

–Velázquez, no me obligues a pegarte un puñetazo el día de mi boda.

–¿Lo ves? Ni siquiera Darius te aguanta –exclamó Belle.

El español la miró con gesto de superioridad.

–Porque soy el único que está dispuesto a decir la verdad.

–No le hagas caso, cariño. Vas a ser tan feliz como te mereces –insistió Belle.

Letty dejó escapar un suspiro de alivio cuando por fin se despidieron de sus amigos y subieron a la limusina. Pero Belle estaba en lo cierto; tendría la felicidad que se merecía después de abandonar a su padre para casarse con Darius: ninguna.

Él iba a su lado, en silencio durante la hora y media que tardaron en llegar al pequeño aeropuerto que se hallaba a las afueras de la ciudad. Y, cuando subieron al pequeño jet privado, siguió ignorándola.

Muy bien, le daba igual. Estaba tan agotada que entró en una de las habitaciones y se tapó con la manta hasta las orejas, intentando contener las lágrimas. Cerró los ojos...

Y despertó en un mundo diferente.

Ya no estaba en el avión. Se encontraba en un alegre dormitorio, en una enorme cama con cabecero de hierro forjado.

La luz del sol entraba a través de las ventanas, haciendo dibujos en las paredes blancas. Oía risas y conversaciones en un idioma que no entendía y también el dulce canto de los pájaros.

¿Dónde estaba? Entonces se dio cuenta de que solo llevaba el sujetador y las bragas. Alguien la había desvestido mientras estaba dormida. Y esa idea la horrorizaba.

¿Cómo había llegado a esa cama?

Recordaba haber llorado hasta quedarse dormida en el avión y después... ah, después recordaba a Darius llevándola en brazos.

—Así que estás despierta.

Letty levantó la cabeza y vio a su marido en la puerta de la habitación, con una camiseta negra y un pantalón corto, un atuendo más informal de lo que era habitual en él.

—¿Dónde estamos?

—En la isla de Heraklios, en mi villa.

—No recuerdo haber llegado aquí.

—Estabas agotada y abrumada de felicidad por haberte casado conmigo —respondió él, irónico.

—¿Qué hora es?

—Casi las dos de la tarde —Darius señaló una

puerta–. Hay un baño ahí, si quieres darte una ducha. Y tu ropa ya está colgada en el armario.

–¿Tú me has quitado la ropa?

–Para que estuvieses más cómoda.

Letty se mordió los labios.

–¿Y entonces tú... hemos compartido la cama?

–Si quieres saber si me aproveché de ti mientras dormías, la respuesta es no.

Ella dejó escapar un suspiro.

–No quería decir...

–Vístete y sal a la terraza cuando estés lista. Mi familia ha venido a conocerte –la interrumpió Darius antes de cerrar la puerta.

Letty se levantó de la cama para entrar en el elegante baño de mármol y se miró al espejo. Tendría que animarse o la familia de Darius notaría que pasaba algo raro.

Cuando salió a la terraza unos minutos después, se quedó asombrada al ver una hermosa buganvilla trepando por los muros blancos de la casa. El mar Jónico era de un azul brillante. Aquel sitio estaba lleno de colores: el azul del mar, los edificios blancos, las flores rosadas, la tierra marrón y verde llena de olivos, higueras y granados.

Darius estaba sentado con un grupo de gente, pero se levantó para darle un beso en la mejilla.

–Os presento a Letty, mi esposa.

Una mujer mayor se acercó para mirarla de cerca y, sonriendo, dijo algo en griego que Letty no entendió.

–Mi tía abuela dice que ahora pareces feliz –le tradujo Darius–. Una novia feliz.

La mujer dijo algo más y Darius se volvió con una indulgente sonrisa.

–*Nai, theia* Ioanna.

–¿Qué ha dicho?

–Que el matrimonio contigo me ha sentado bien. En fin, ya sé que nuestra boda fue...

–Horrible.

–No fue maravillosa, es verdad –asintió él, inclinándose para hablarle al oído–. Pero algo me dice que nuestra luna de miel nos compensará.

El calor de su aliento provocó una descarga eléctrica por todo su cuerpo y Letty se encontró pensando en las delicias que prometía una luna de miel en la villa griega. En esa enorme cama.

Pero intentó olvidarse de ello mientras Darius le presentaba a tíos, tías e innumerables primos que la abrazaban con sonrisas de aprobación.

Una mujer joven la tomó del brazo, haciéndole gestos para que se sentara a la mesa. Al saber que tenía hambre, todos corrieron a servirle platos de aceitunas, ensalada con pepinos, tomates y queso feta, hojas de parra rellenas de arroz, brochetas de carne, pescado fresco y, por fin, el hojaldre de miel más ligero que había probado nunca. Letty estaba hambrienta y se lo comió todo mientras las mujeres lanzaban exclamaciones de aprobación en griego. Darius, sentado a su lado, sonreía.

–Les gusta verte comer con tanto apetito.

Letty se rio a pesar de sí misma. En aquel momento, bajo el cálido sol griego, con el mar azul frente a ella, se sentía feliz. Por fin, se levantó de la silla, negando con la cabeza cuando los parientes le ofrecieron más comida.

–No, gracias. ¿Cómo se dice «gracias» en griego?

–*Óchi, efharisto.*

–*Óchi, efharisto* –repitió ella con una sonrisa

Uno por uno, todos los miembros de su familia la abrazaron de nuevo antes de entrar en la casa.

–Tu familia es maravillosa.

–Ya te quieren porque eres mi mujer –Darius puso el brazo en el respaldo de la silla–. Y no solo eso, eres la primera mujer a la que traigo a casa.

–¿En serio?

–Durante años han leído cosas en las revistas sobre mi atrevida vida amorosa y desesperaban de verme casado con una buena chica. Mi tía abuela Ioanna está encantada de verme no solo casado por fin, sino también esperando un hijo. Además, se acordaba de ti.

Letty dejó de sonreír.

–¿En serio?

–Sabe que eres la chica a la que yo perdí hace mucho tiempo. En su opinión, eso significa que nuestro matrimonio es cosa del destino. *Moíra*. Cree que nuestro amor ha aguantado el paso del tiempo.

Letty parpadeó rápidamente.

«Nuestro amor ha aguantado el paso del tiempo».

–Ahora eres parte de mi familia. Eres una Kyrillos –dijo Darius, apretando su mano.

Era cierto, pensó ella. Tenía un nuevo apellido. Cuando renovase su pasaporte ya no sería Letitia Spencer, la hija del famoso delincuente, sino Letitia Kyrillos, la mujer de un multimillonario hecho a sí mismo. Al casarse se había convertido en una persona diferente. Qué idea tan extraña.

Pero tal vez aquella nueva mujer sabría ser feliz. Tal vez su matrimonio, que le había parecido tan sombrío al principio, podría algún día estar lleno de felicidad como el de sus padres.

Solo tendría que convencer a Darius para que cambiase de opinión sobre su padre. No sería difícil.

No, claro. Como hacer que nevase en el mes de julio.

–Por cierto, esta noche hay una fiesta para darte la bienvenida. Solo han sido invitados mi familia y los amigos del pueblo.

–Ah, menos mal –dijo ella, aliviada–. Entonces no vendrá mucha gente.

–Vendrá toda la isla y algunos de las islas cercanas –respondió Darius.

A Letty se le encogió el corazón al pensar en toda esa gente juzgándola, seguramente encontrándola indigna de Darius Kyrillos.

–¿Y si no les gusto?

Él le levantó la barbilla con un dedo.

–Les gustarás porque a mí me gustas. Ven, quiero enseñarte la isla. No hay carreteras asfaltadas, así que nos movemos en burro por aquí.

–Lo dirás en broma –dijo Letty.

Darius soltó una carcajada.

–Es en serio. He construido un helipuerto, que me ha costado carísimo, y ni siquiera puedo usarlo cuando el viento es muy fuerte. Aquí todo se transporta por mar.

Letty admiró los huertos llenos de olivos, las casitas blancas con ventanas azules y las calles empedradas, pero no se encontraron con nadie.

–¿Dónde está la gente?

–Preparándose para la fiesta. Esta es una isla muy pequeña y aquí soy importante.

Letty aminoró el paso al ver una ruinosa y solitaria villa sobre la colina, encima del pueblo.

–¿Qué es eso?

–Esa era la casa de mi madre.

–Ah.

Sabía que su madre lo había abandonado cuando nació. Darius nunca hablaba de ello, ni siquiera cuando era más joven.

–¿Ya no vive nadie allí?

–Mi madre se fue de la isla cuando yo nací, sus padres poco después. Al parecer, no podían soportar el bochorno de mi existencia.

–Qué horror.

–Mi madre se mudó a París y murió en un accidente de coche cuando yo tenía cuatro años –Darius se encogió de hombros–. He oído que sus padres murieron hace unos años. No recuerdo dónde o cómo.

–Lo siento mucho.

–¿Por qué? Yo no los quería, no sentía nada por ellos.

–Pero tu madre, tus abuelos...

–Calla Halkias murió en una limusina, casada con un aristócrata –la interrumpió él con tono seco–. Vivió como había querido.

Letty apretó los labios. Se le hacía un nudo en la garganta al pensar en Darius de niño en aquella isla, mirando la imponente villa de la gente que se había desprendido de él como si fuera basura. No sabía qué decir, pero apretó su mano con fuerza.

–¿Los has perdonado?

–¿Por qué?

–Eran tu familia y te abandonaron.

Darius apretó los labios.

–Me alegro de que mi madre me trajese al mundo, pero no puedo llamarlos «familia». Además, por lo que he oído eran un desastre. Como... –no terminó la frase, pero Letty sabía a quién se refería.

–¿Como mi familia?

–Tu madre era una mujer maravillosa. Siempre amable con todo el mundo.

–Sí –murmuró ella con un nudo en la garganta.

–A mí me crio mi *yiayiá*. No teníamos electricidad ni agua corriente, pero siempre supe que me quería. Cuando por fin gané dinero hice que tirasen la casa y construyeran esta villa, la más grande de la isla –mirando la ruina de la colina, Darius esbozó una sonrisa–. Cuando era un niño, la familia Halkias era la más rica de la isla. Ahora lo soy yo. Pero en fin, todo eso es el pasado y yo quiero vivir el presente –tomando sus manos, la miró con seriedad–. Prométemelo, Letty. Promete que siempre harás lo que sea mejor para nuestra familia.

–Te lo prometo –dijo ella. Y lo decía de corazón.

–Yo te prometo lo mismo –murmuró él, antes de besarla como sellando una promesa–. Ven conmigo –dijo después.

La llevó a través de las empedradas calles del pequeño pueblo de casitas blancas, atravesando un huerto lleno de olivos, hasta una solitaria playa de arena blanca.

Letty abrió los ojos como platos. Las populares playas de los Hamptons e incluso las de alrededor de Fairholme habrían estado llenas de gente con un día tan maravilloso, pero aquella playa estaba vacía.

–¿Dónde está todo el mundo?

–Ya te he dicho que están preparándose para la fiesta. Aquí todo el mundo es amigo o pariente, o al menos amigo de un pariente. Es una comunidad tan pequeña que somos como una gran familia.

Era lógico que aquella isla pareciese un lugar fuera del tiempo, pensó Letty, mirando la arena blanca frente al mar Jónico.

–Es un sitio maravilloso –musitó, intentando sonreír.

–Echas de menos Fairholme –dijo él en voz baja.

–Han pasado diez años, es una tontería. Cualquier psiquiatra diría que es hora de olvidarlo.

–Yo también lo echo de menos. ¿Te acuerdas de la playa? No había más que rocas.

–Sí, claro. Y de la pradera llena de flores donde me enseñaste a bailar.

–¿Y el estanque donde yo intentaba cazar ranas y tú siempre querías ponerles nombre y llevártelas a casa?

De repente, los recuerdos se atropellaban.

–Los colores brillantes de los árboles en otoño...

–Patinando por los pasillos...

–El pasadizo secreto de detrás de la biblioteca donde te escondías cuando estabas enfadado...

–La rosaleda de tu madre –dijo Darius, riéndose–, donde me pilló el día que me fumé el primer cigarrillo. El primero y el último...

–Y cómo nos regañaba la señora Pollifax cuando entrábamos llenos de barro en su limpísima cocina –Letty soltó una carcajada–. Pero, al final, siempre nos daba galletas cuando pasábamos la fregona.

–Todo lo convertíamos en un juego.

La sonrisa de Letty desapareció.

–Pero nunca volveremos a ver Fairholme.

Darius la miró en silencio durante unos segundos.

–Puede que la casa en la que crecimos haya desaparecido, pero nos tenemos el uno al otro.

En los ojos de Darius había un brillo de ternura y fue entonces cuando Letty supo que había ocurrido lo peor que podía pasar.

El desastre. Y había ocurrido más rápido de lo que había esperado.

Lo amaba.

Todo en él.

El hombre que había sido, el hombre que era. El hombre que podría ser.

Desde aquella noche de finales de febrero, cuando engendraron a su hijo, Letty había intentado convencerse a sí misma de que había cambiado irrevocablemente. Que lo odiaba, que había perdido su amor para siempre.

Pero todo era mentira.

Nunca había dejado de amarlo. ¿Cómo iba a hacerlo? Había sido el amor de su vida.

Un día casada y Darius Kyrillos ya le había robado el corazón.

Capítulo 9

DARIUS tragó saliva cuando Letty salió a la terraza, bellísima con un vestido largo de color blanco. La suave tela destacaba su pálida piel y los brillantes ojos pardos, y llevaba unas florecitas rosas prendidas en el largo pelo oscuro.

Mientras el sol rojo empezaba a ocultarse detrás de los acantilados, trescientas personas rompieron en un espontáneo aplauso entre una cacofonía de exclamaciones en griego.

Darius tenía el corazón en la garganta. En su opinión, ni Afrodita recién salida del mar podría compararse con ella.

Y que hubiera pensado algo tan absurdamente poético lo dejaba perplejo.

—Estás muy guapa —le dijo.

—Gracias —Letty sonrió con timidez.

No la tocó. Casi le daba miedo hacerlo. Era demasiado deseable y no sabía si podría contenerse.

La fiesta fue una tortura interminable. En otra ocasión le habría dicho a todo el mundo que se fuera para llevarse a su mujer a la cama, pero aquella era su familia, su pueblo. No podía rechazar la cálida bienvenida que le habían dado a su mujer.

Letty Kyrillos era la novia perfecta y sería la esposa y madre perfecta. Al haberla alejado de su padre no habría influencias negativas en su vida.

Solo le sería leal a él.

La mezcla de anhelo, adoración y miedo que había en sus ojos cuando lo miraba lo hacía sentirse extrañamente vulnerable, recordándole al joven inseguro y enamorado que había sido una vez.

No. Sencillamente la deseaba, se dijo a sí mismo. Agradecía que estuviera siendo amable con todo el mundo y esperaba que pronto lo amase. Así todo sería más sencillo. Pero no pensaba corresponder a ese amor. Jamás volvería a ser tan vulnerable. Como protector de la familia, como marido y padre, como hombre, era su deber ser fuerte.

El corazón de Letty era su debilidad, pero no sería la suya.

Cuando se terminó el *ouzo* y los músicos empezaban a dormirse sobre sus instrumentos, los últimos invitados se despidieron por fin, dejándolos solos en la terraza.

Sin decir una palabra, Darius tomó su mano y la llevó al dormitorio. Cerró la puerta tras ellos y abrió el balcón para dejar que la brisa del mar moviese las cortinas. Solo la luna iluminaba la habitación.

Luego, volviéndose hacia ella, empezó a desabrocharle el vestido. Y, en el silencio de la noche, era casi como un acto sagrado.

El vestido cayó al suelo y Letty se volvió hacia él con los ojos brillantes.

Darius experimentó una extraña sensación al ver esa mirada. Deseo, se recordó a sí mismo. La deseaba, eso era todo.

La brisa movía su pelo, haciendo que los pétalos de las flores cayeran al suelo como una bendición. Sin decir una palabra, Darius la llevó a la cama.

En aquella ocasión, mientras hacían el amor, no

hubo palabras, solo el lenguaje del tacto. Solo placer y delicia.

Él sabía que había conocido el éxtasis la noche que hicieron el amor en el ático de Manhattan.

Pero aquello era diferente.

¿Por qué? ¿Porque estaban casados y ella era suya para siempre? ¿Porque Letty lo conocía mejor que nadie? ¿Porque de verdad eran una familia?

Fuera cual fuera la razón, mientras hacían el amor le pareció algo sagrado. Se sentía...

Feliz.

Después de unirse y romperse como una supernova el uno en los brazos del otro, Darius la miró mientras dormía, recordando lo que había dicho en la playa:

«Nunca volveremos a ver Fairholme».

Había una inmensa tristeza en su voz y él no quería que estuviese triste.

Quería darle todo lo que había perdido. Y más.

Con cuidado, se levantó de la cama y salió al balcón para llamar a Mildred Harrison, su ayudante.

—El edificio de Brooklyn ha sido adquirido como me pidió —le contó ella—. Y su suegro...

—No vuelvas a llamarlo así —la interrumpió Darius.

Mildred se aclaró la garganta.

—El señor Spencer ha sido informado de que podrá seguir viviendo allí sin tener que pagar el alquiler.

—Muy bien —murmuró él, aburrido del tema.

—Pero hay algo que debe saber.

—¿Qué?

—El detective me ha contado que el señor Spencer ha acudido a la consulta de un oncólogo. Al parecer, está enfermo.

Darius apretó los labios.

—Tiene que ser un truco.

–El detective no cree que lo sea. Ha conseguido el historial médico y parece auténtico.

–Spencer habrá pagado al médico.

–Tal vez –murmuró Mildred–. Pero si fuera mi padre yo querría saberlo.

Sí, pensó Darius, mirando a Letty. Ella querría saberlo, peo no pensaba decírselo porque èstaba convencido de que Howard solo quería causar problemas entre ellos.

Seguramente tendría un simple resfriado y pensaba utilizarlo para escapar de su merecido castigo. Pero Darius no iba a permitir que se saliera con la suya.

–No quiero que moleste a mi mujer. Spencer debe de saber que lo están siguiendo.

–Como usted quiera, señor Kyrillos.

–Te llamaba por otra razón. Quiero comprarle a mi mujer un regalo de boda.

–¿Aparte de los cinco mil millones que va a pagar a las víctimas de su padre? Por cierto, he tenido que contratar a un ejército de contables. No tenemos personal suficiente...

–Sé que tú lo arreglarás. Y cuando hayas terminado te enviaré con tu marido a Miami durante una semana.

–Roma –dijo ella firmemente–. Para tres personas.

Darius sonrió. Mildred sabía lo que valía y él respetaba eso.

–Tres –asintió–. Pero antes necesito que hagas algo. Quiero comprar una casa.

–¿El ático es demasiado pequeño?

–No, se trata de un sitio especial. Quiero que hables con el propietario y negocies el precio.

–Muy bien, jefe. ¿Cuál es el límite?

–No hay límite. Lo que haga falta.

Después de cortar la comunicación, Darius volvió a la cama que compartía con su embarazada esposa y la abrazó bajo las mantas, oyendo el canto de los pájaros cuando el sol empezó a asomar en el horizonte.

Era como una recompensa por todo lo que había hecho bien en la vida. Tenía a Letty y tendría el resto: un hogar, niños, felicidad. Todas las cosas con las que había dejado de soñar tanto tiempo atrás. Lo tendría todo.

Y nadie, especialmente el delincuente de su padre, se interpondría entre ellos.

Mientras el jet privado empezaba a descender entre las nubes hacia la ciudad de Nueva York, Letty sintió una mezcla de alivio y remordimientos.

Se alegraba de estar cerca de su padre. Darius le había asegurado que estaba bien, viviendo en su antiguo apartamento con un estipendio para sus necesidades.

—Tu padre pasa el día jugando al ajedrez con sus amigos en el parque —le había dicho un día con gesto irritado.

De modo que había alguien vigilándolo. Le dolía en el alma no verlo, no poder hablar con él, pero al menos sabía que estaba bien. Y esperaba convencer a Darius para que lo perdonase.

—Me ha encantado la isla, pero será agradable volver a casa —murmuró, mirando por la ventanilla. Sabía que no debía preguntar, pero tenía que hacerlo—. Ahora que estamos de vuelta en Nueva York, tal vez podrías hablar con mi padre. Él podría darte su versión...

—Olvídalo —la interrumpió él.

–Mi padre no quería hacerle daño a nadie.

Darius cerró su ordenador de golpe.

–Basta ya, Letty.

–El perdón libera el alma. Y nunca se sabe –insistió ella, desesperada–. Puede que algún día tú necesites ser perdonado.

–No pienso cometer ningún delito, así que creo estar a salvo.

Letty se mordió los labios, decepcionada. Pero sabía que debía ser paciente.

–Este no es el aeropuerto de Teterboro –dijo entonces, mirando por la ventanilla.

–No –respondió él con una sonrisa.

–¿Estamos en Long Island, al lado de Fairholme?

–Sí.

–¿Por qué me has traído aquí, para torturarme? No se puede ver la casa desde la carretera –Letty tragó saliva, emocionada–. La verja está cerrada, así que si esperabas ver la casa...

–¿Lo has intentado?

–Vine un mes después de que se vendiera. Como te dije, solo quería hacer una foto del fresco de mi bisabuela, pero el guardia de seguridad estuvo a punto de echarme a los perros.

–Eso no será un problema.

La verja estaba abierta y la limusina se dirigió por el camino que llevaba a la mansión que había sido construida por su tatarabuelo, un magnate del acero llamado Edwin Langford.

«Fairholme».

Letty se apoyó en la ventanilla, conmovida al ver su querida casa por primera vez en casi diez años. La preciosa mansión de piedra con torreones y ventanas emplomadas...

–¿Qué has hecho, Darius? –le preguntó, casi sin voz.

Él estaba sonriendo.

–Darte lo que más querías.

Letty prácticamente se tiró del coche en marcha cuando llegaron a la puerta. Empujando la enorme puerta claveteada, que estaba abierta, corrió por el vestíbulo donde había jugado de niña.

–¿Papá? –gritó, yendo de habitación en habitación–. Papa, ¿dónde estás? –insistía, abrumada de felicidad. Se alegraba tanto de que Darius hubiera visto el desesperado deseo de su corazón...

Allí había jugado a los piratas con su padre, allí había resbalado sobre el suelo de mármol en calcetines, allí había jugado con los gatitos del jardinero. Allí había jugado al escondite con Darius cuando eran niños.

Allí, cada sábado, había colocado rosas en los valiosos jarrones Ming con ayuda de su madre.

Pero ¿dónde estaba su padre?

Letty corrió hacia la escalera, llamándolo, pero entonces se dio cuenta de que solo estaba escuchando el eco de su propia voz.

Su padre no estaba allí.

Decepcionada, se volvió hacia Darius, que estaba en el vestíbulo, mirándola. La expresión satisfecha había desaparecido de su rostro.

–¿Por qué crees que iba a invitar a tu padre?

–Dijiste... dijiste... que ibas a darme lo que más quería.

–Esta casa –respondió Darius con gesto indignado–. La casa de tu infancia. La he comprado para ti y te aseguro que no ha sido fácil. He tenido que pagar una pequeña fortuna, pero quería que tuvieras todo lo que habías soñado. Todo lo que habías perdido.

«Todo lo que había perdido».

Letty se apoyó en la barandilla, con el corazón encogido de dolor, pero intentó disimular porque sabía que estaba siendo desagradecida. Su madre se sentiría avergonzada de ella. Darius le había dado las estrellas y ella estaba llorando por el sol.

Debería sentirse feliz.

«Fairholme».

Letty respiró profundamente mientras miraba los altos techos, las paredes forradas de madera. Su hogar. Estaba allí de verdad. Darius le había devuelto su casa, en la que habían vivido varias generaciones de la familia Langford.

Era un regalo asombroso.

Intentó sonreír, pero Darius parecía enfadado y lo entendía. Había comprado aquella casa para darle una sorpresa y ella estaba siendo una desagradecida, de modo que bajó la escalera y se echó en sus brazos.

—Gracias —susurró—. Es un regalo maravilloso.

—Pues no lo parecía —dijo él, molesto.

Letty le echó los brazos al cuello.

—Me encanta. Es un milagro estar aquí.

Por fin, él le devolvió el abrazo.

—También he contratado a la señora Pollifax para que vuelva a cuidar de la casa.

—¿En serio?

—Y a muchos de los antiguos empleados, para que todo vuelva a ser como antes. Y he abierto una cuenta corriente a tu nombre.

—¿Para qué?

—Me imagino que querrás hacer reformas, tal vez reparar el fresco de tu bisabuela. Tienes fondos ilimitados, usa el dinero como quieras.

—¿Para la casa?

–Sí.

–¿Y para el niño?

–Claro. Y para ti, Letty. Puedes comprar lo que quieras, coches, joyas, muebles.

Ella se mordió los labios.

–¿Podría enviarle algo de dinero a mi padre?

Supo de inmediato que había cometido un error porque la expresión de Darius se volvió helada.

–Estoy harto de que menciones ese asunto una y otra vez. Tenemos un acuerdo.

–Lo sé, pero...

–Tu padre ya tiene mucho más de lo que se merece.

–Si pudiese verle para saber que está bien...

–Está bien.

–¿Lo sabes con seguridad?

–Sí –respondió él, sin mirarla a los ojos.

–Le echo tanto de menos... –susurró Letty, tomando su mano para ponerla sobre su corazón–. Pero lo que has hecho por mí... comprar Fairholme... nunca lo olvidaré. Gracias por traerme de vuelta a casa.

Él le acarició la cara.

–Tú te lo mereces todo –dijo con voz ronca–. Por ti, pagaría el precio que fuera.

Reclamó sus labios como ya había reclamado su cuerpo y su alma, y Letty sintió que era el momento de pronunciar las palabras que no había vuelto a pronunciar desde aquella noche de febrero. Palabras que le salían del corazón.

–Te quiero, Darius.

Él esbozó una extraña sonrisa.

–¿De verdad?

Ella asintió con la cabeza, esperando que él dijese lo mismo.

Pero no lo hizo. Se limitó a besarla.

No importaba. Estar en Fairholme con él era un milagro. Estaban casados y esperaban un hijo. Había pagado las deudas de su padre, la había llevado de vuelta a casa. Lo amaba con todo su corazón.

Y algún día él la amaría también, estaba segura.

—Fairholme volverá a ser lo que fue. Tal y como lo recordamos —Darius la apretó contra su torso, mirándola con los ojos brillantes—. Pero, que yo recuerde, solo hay una cosa que nunca hicimos en esta casa.

Cuando su marido la envolvió en un fiero abrazo, Letty supo que todos sus sueños estaban a punto de hacerse realidad.

Capítulo 10

S U HOGAR. Letty miró a su alrededor, sintiéndose feliz. ¿Había una palabra más hermosa?
La reforma había terminado justo a tiempo y Fairholme había recuperado su antigua gloria.

El cuarto de estar era muy acogedor en aquella fría tarde de noviembre. La chimenea estaba encendida, los pulidos suelos de roble brillaban bajo las maravillosas alfombras turcas, los sofás y los sillones eran confortables y había fotos familiares decorando las paredes.

Letty se arrellanó en el sofá, con su marido al otro lado trabajando en su ordenador, aunque de vez en cuando le daba un masajito en los pies, que ella colocaba estratégicamente.

La señora Pollifax acababa de irse a visitar a un amigo que estaba ingresado en el hospital de Brooklyn.

–Tómate el tiempo que necesites –le había dicho Letty.

–Eso haré, ya que su propia familia no se molesta en ir a verlo –había replicado el ama de llaves con expresión seria.

–Pobre hombre –Letty suspiró, apenada, pensando en su padre, al que no había visto en más de dos meses. Darius seguía negándose a perdonarlo, pero estaba segura de que lo haría cuando naciese el niño. Porque entonces tendría una nueva capacidad de perdonar, de amar.

Letty miró a su marido con expresión esperanzada. La señora Pollifax se había ido, de modo que estaban solos en la casa, con la chimenea encendida y el viento de noviembre golpeando las ventanas emplomadas.

Quedaba poco para la fecha del parto y se sentía más feliz que nunca en toda su vida.

La habitación del niño ya estaba preparada y un conocido restaurador se había encargado de recuperar el fresco de su bisabuela. Había menos patos y ocas que antes y el pueblo bávaro había desaparecido casi en su totalidad, pero la niña ya no parecía triste. Era una alegría volver a verlo y, aunque Darius fingía reírse de él, Letty sabía que estaba contento.

La habitación del niño era la más bonita de la casa. Recién pintada y decorada, con una cuna, una mecedora y montones de juguetes, sería el sueño de cualquier niño.

—Pronto —dijo en voz baja, pasándose una mano por el abultado abdomen—. Muy pronto.

—¿Estás hablando con el niño? —bromeó Darius.

—Voy a leerle un cuento.

—¿Otra vez?

—Se ha demostrado científicamente que un bebé puede oír cosas del exterior y, por lo tanto, puede escuchar un cuento.

Darius puso los ojos en blanco, pero luego pasó tiernamente una mano sobre su abdomen.

—No te preocupes, hijo. Yo voy a leerte algo mucho más interesante que el cuento de ese conejito.

—¿Ah, sí?

—Desde luego —respondió Darius, leyendo, con fingida seriedad, las últimas noticias sobre el mercado en Hong Kong.

Letty soltó una carcajada, pero la voz de su marido la relajaba. Y la excitaba. Se puso colorada al recordar que habían hecho el amor por toda la casa. Incluso en los baños. Y había casi cuarenta habitaciones.

–Tenemos que hacer nuestra la casa –le había dicho él. Y ella no puso ninguna pega.

Cerró los ojos mientras Darius leía las noticias, que puntuaba con exclamaciones cuando el niño daba una patadita.

–¿Estás despierta?

–Apenas –murmuró ella, intentando disimular un bostezo–. ¿Por qué?

–Da igual, puede esperar. Buenas noches, *agapi mu*.

A la mañana siguiente, Darius se fue a Manhattan a trabajar, como solía hacer de lunes a jueves. Había creado un programa de software para aprender matemáticas y programación de manera gratuita y cada día contrataba más empleados, pero aún no había obtenido beneficios.

–Y no los habrá –le había confesado. Su intención era hacer algo bueno por los demás.

Letty nunca se había sentido más orgullosa de él. Además, tenía un nuevo brillo en los ojos mientras salía de Fairholme para ir a trabajar.

Sonriendo, subió al cuarto del niño para doblar su ropita y asegurarse de que todo estuviera preparado. Le dolía un poco la espalda y bajó a la cocina para preguntarle a la señora Pollifax si conocía algún remedio casero, pero se encontró al ama de llaves llorando.

–¿Qué ocurre? ¿Qué ha pasado?

–Mi amigo –respondió la mujer, secándose las lágrimas con el delantal–. Se está muriendo.

–Ah, lo siento mucho –dijo Letty.

La señora Pollifax la miró con gesto acusador.

–Deberías sentirlo, ya que es tu padre.

–¿Qué?

–Lo siento... tenía que contártelo –dijo el ama de llaves–. No sé qué ha pasado para que no le hables, pero haces muy mal en dejarlo morir solo. ¡Lo lamentarás el resto de tu vida!

–¿Mi padre se está muriendo? –murmuró Letty, incrédula.

–¿No lo sabías?

Ella negó con la cabeza.

–Tiene que ser un error. Mi padre no está enfermo. Está viviendo sin preocupaciones en Brooklyn... va al parque todos los días para jugar al ajedrez con sus amigos.

–Ay, Dios mío –la señora Pollifax puso una mano sobre su hombro–. Lo siento mucho, te he juzgado mal. Pensé que lo sabías. Tu padre se cayó hace unas semanas y ha estado en el hospital desde entonces. Cuando fui a verlo ayer tenía muy mal aspecto. Puede que solo le queden unas semanas... o unos días.

–No puede ser –insistió Letty–. Tiene que ser un error. Darius me lo hubiera dicho.

Nerviosa, lo llamó al móvil, pero cortó la comunicación cuando saltó el buzón de voz.

–¿En qué hospital está?

El ama de llaves se lo dijo.

–Pero no puedes conducir en ese estado. Le pediré a Collins que traiga el coche. ¿Quieres que vaya contigo?

Letty negó con la cabeza y la mujer mayor se mordió los labios con expresión triste.

–Está en la habitación 302.

El viaje a Brooklyn le pareció eterno y cuando por fin llegó al moderno hospital le temblaban las piernas. Se dirigió al ascensor sujetándose el dolorido abdomen y, una vez en la tercera planta, siguió las indicaciones hasta la habitación 302.

–¿Papá? –gritó.

Pero la habitación estaba vacía y Letty miró a su alrededor, angustiada. ¿Habría entendido mal el número de la habitación?

Su padre no podía haber...

–¡Letty!

Ella se volvió, con un nudo en la garganta. Su padre estaba tras ella, en una silla de ruedas.

–¡Papá!

–Hija, has venido.

Letty le echó los brazos al cuello.

–Claro que he venido, en cuanto he sabido que estabas enfermo. Pero cuando he visto la habitación vacía...

–¿Pensabas que había muerto? No, no. Estaba dando una vuelta por el pasillo. Es lo único que puedo hacer, aparte de deprimirme viendo las noticias. Pero ¿por qué lloras? ¿De verdad pensabas que había muerto?

–Tú también estás llorando, papá.

–¿Ah, sí? –Howard se llevó una mano a la cara–. Es que me alegro mucho de verte, hija. Estaba empezando a pensar que no vendrías.

–He venido en cuanto me he enterado –susurró ella, sintiéndose culpable.

–Sabía que al final te lo contaría.

–¿Quién?

–Darius. Sí, ya sé que prometí no volver a ponerme en contacto contigo, pero no había prometido no ponerme en contacto con él. Le dejé un mensaje hace cuatro semanas, cuando me desperté en el hospital. Me caí en la calle, así que me trajeron aquí en una ambulancia.

¿Cuatro semanas? Letty no se lo podía creer. ¿Darius había sabido todo ese tiempo que su padre estaba en el hospital y no se lo había dicho?

—Ha hecho que me siguieran desde el día que te fuiste con él —siguió su padre—. Tiene que saber que iba al médico tres veces por semana.

Letty contuvo el aliento. No solo un mes, sino dos. Darius sabía que su padre estaba enfermo y se lo había ocultado.

«Tu padre pasa el día jugando al ajedrez con sus amigos en el parque», le había dicho.

Le había mentido durante todos esos meses. Mientras su padre estaba en el hospital, solo, enfermo, sin una sola palabra de consuelo de su hija.

Letty experimentó un sudor frío, pero no podía escapar de la horrible verdad.

El hombre al que había amado desde niña, el protagonista de todos sus sueños románticos sabía que su padre estaba muriéndose y se lo había ocultado.

¿Cómo podía haber sido tan cruel, tan egoísta?

La respuesta era evidente: porque no la amaba. Nunca la había amado y nunca lo haría.

De su garganta escapó un gemido de angustia.

—No te dio el mensaje, ¿verdad? —murmuró su padre—. Entonces, ¿cómo has sabido que estaba aquí?

—Me lo contó la señora Pollifax.

—Entiendo —asintió Howard, intentando sonreír mientras señalaba su abdomen—. Pero al menos estaré aquí para conocer a mi nieto. El médico dijo que no había nada que hacer, pero yo no pienso irme por el momento.

–¿No hay ninguna esperanza? –le preguntó ella, con voz estrangulada–. ¿Una operación, una segunda opinión?

Su padre negó con la cabeza.

–Sabía que estaba muriéndome antes de salir de la cárcel.

–¿Y por qué no me lo contaste?

–Debería haberlo hecho, tienes razón, pero no quería preocuparte aún más. Quería cuidar de ti por una vez. Quiera reparar el daño que había hecho y devolverte al sitio que te merecías, casada con tu verdadero amor.

«Su verdadero amor», pensó Letty amargamente. El mentiroso, el canalla de Darius.

–Mi único objetivo –siguió su padre– era que alguien cuidase de ti cuando yo ya no estuviera. Ahora Darius y tú estáis casados y esperando un hijo –añadió, sonriendo–. Que ese matón me rompiese el brazo fue lo mejor que me pudo pasar, ya que gracias a eso pude reuniros. Ahora puedo morir en paz, hija.

–Darius no me ha contado que estuvieras enfermo y nunca se lo perdonaré.

–No culpes a Darius, cariño. Después de los errores que cometí solo ha demostrado tener buen juicio. Quiere protegerte mejor de lo que yo he podido hacerlo nunca –el anciano sacudió la cabeza–. Gracias, Letty.

–¿Por qué? –preguntó ella, sintiéndose como la peor hija del mundo.

–Por haber creído siempre en mí cuando no tenías razones para hacerlo. Por quererme a pesar de todo.

Letty lo miró con los ojos llenos de lágrimas. Luego miró la sencilla cama, el suelo de losetas, la habitación con olor a antiséptico. No podía ni imaginar que su padre pasara allí los últimos días de su vida.

–¿Tienes que estar en un hospital, papá?

Howard se encogió de hombros.

–Aparte de las medicinas para el dolor, no hay mucho que los médicos puedan hacer por mí.

Letty sintió lo que parecía una contracción, pero no era nada comparado con el dolor que sentía en el corazón.

–Entonces vendrás a casa conmigo.

–¿Al apartamento? No, gracias. Al menos en el hospital se está calentito y me traen la comida...

–No, me refiero a Fairholme. Darius ha comprado la casa.

–¿Fairholme? –repitió él con expresión soñadora–. Pero Darius...

–Yo me encargo de él, no te preocupes –Letty le pasó un brazo por los frágiles hombros y lo besó en la cabeza. Los últimos días de su padre serían felices, se prometió a sí misma. Moriría en la casa que tanto había amado, donde una vez había vivido su querida mujer y donde había criado a su hija, rodeado de comodidades y de cariño.

Cuidaría de él como una vez su padre había cuidado de ella.

Y también se encargaría de Darius, pensó, apretando los dientes.

Amaba a su marido con todo su corazón, pero los sacrificios que había hecho no habían servido de nada. Todo era una ilusión. Darius no la quería. Nunca la querría.

Era una traición que no le perdonaría nunca.

Darius se dirigía a la oficina de Battery Park con el paso alegre y una sonrisa en los labios. Había encontrado el regalo perfecto para Letty: unos pendientes de esmeraldas rodeadas de diamantes casi tan preciosos como sus ojos que una vez habían pertenecido a la reina de Francia. Sabiendo el interés que su mujer tenía por la Historia estaba seguro de que le encantarían.

Darius se dio cuenta de que estaba silbando alegremente la nana que su mujer solía cantar en la ducha por las mañanas.

Le encantaba la voz de Letty. Le encantaba su hogar.

Todo había cambiado, tanto en el trabajo como en su vida personal. Estaba levantando una nueva empresa, una página web gratuita que enseñaría matemáticas y programación para que otros tuviesen las mismas oportunidades que él había tenido. Y Letty estaba enseñándole lo maravillosa que podía ser la vida.

Cada día en Fairholme era más maravilloso que el anterior. Letty le decía a diario cuánto lo quería y él podía sentir su amor calentándolo como el fuego de una chimenea en invierno.

Solo había un fallo: el secreto que guardaba.

Y sabía que ese secreto podría estropearlo todo.

El padre de Letty estaba muriéndose y no sabía cómo decírselo.

Al principio no había querido creer que fuese verdad. Durante semanas había insistido en pensar que era una mentira inventada por Howard.

–Llámame cuando haya muerto –le había dicho a su investigador medio en broma.

Pero entonces había recibido un mensaje del propio Howard Spencer, diciendo que estaba en el hospital. Incluso entonces, durante días, se había dicho a sí mismo que era mentira. Hasta que el investigador le confirmó que era cierto.

Darius no tenía más remedio que enfrentarse a la realidad.

Tenía que contárselo a Letty.

Pero... ¿cómo? ¿Cómo iba a explicarle esas semanas de silencio cuando sabía que su padre estaba muriéndose en un hospital de Brooklyn?

Seguía creyendo que había hecho lo que debía. Letty y él habían hecho un trato al principio de su matrimonio: ningún contacto con su padre. De modo que no tenía por qué sentirse culpable. No solo había pagado las deudas de Howard, sino también el apartamento en el que vivía, sus facturas y hasta sus gastos médicos. Prácticamente había actuado como un santo.

Pero estaba seguro de que Letty no lo vería de ese modo.

Y temía su reacción. Había intentado decírselo en un par de ocasiones, pero no quería arriesgarse cuando estaba a punto de dar a luz.

Cuando naciese el niño, se había prometido a sí mismo. Cuando tanto Letty como su hijo estuviesen bien.

Sabía que al principio se enfadaría, pero después de pensarlo entendería que solo había intentado protegerla. Y estaba en su naturaleza perdonar. No tenía más remedio que perdonarlo porque lo amaba.

Un poco más calmado, Darius entró en la oficina, con sus paredes de ladrillo, y pasó frente al despacho de su ayudante.

—Buenos días, Mildred.

La mujer enarcó una ceja.

—Su mujer ha llamado por teléfono. Ha dicho que era muy urgente.

Letty nunca lo llamaba al trabajo, de modo que solo podía haber una razón para tan urgente llamada.

Darius corrió a su despacho y marcó el número con dedos temblorosos.

–¿Letty? ¿Es el niño? ¿Estás de parto?

–No –respondió ella con un tono que le resultó extraño.

–Mildred me ha dicho que era muy urgente.

–Porque es urgente. Voy a pedir el divorcio.

La sonrisa desapareció de los labios de Darius.

–¿Qué estás diciendo? ¿Es una broma?

–No. Voy a divorciarme de ti porque me has mentido durante meses. ¡Mi padre se está muriendo y tú me lo has ocultado!

A Darius se le encogió el corazón,

–¿Cómo lo has sabido? –le preguntó.

–La señora Pollifax no entendía cómo podía dejar que mi padre muriera solo en el hospital. Pero no te preocupes, ya le he contado que quien no tiene corazón eres tú.

–Letty, entiendo que estés disgustada...

–¿Disgustada? No, no estoy disgustada, estoy feliz.

Eso, evidentemente, no era verdad y Darius no sabía cómo reaccionar.

–Si me das una oportunidad para que te lo explique...

–Ya me explicaste hace algún tiempo que nunca me querrías, que el amor era cosa de niños. Entonces no te hice caso, pero ahora sé que lo decías de verdad y te quiero fuera de mi vida para siempre.

–No...

–He traído a mi padre a Fairholme.

–¿Howard Spencer... en mi casa?

–Sí –respondió ella con voz helada–. No voy a dejarlo en el hospital, rodeado de extraños. Va a pasar los últimos días de su vida a mi lado, en la casa donde se casó con mi madre.

–No es solo decisión tuya. Yo compré esa casa y...
–Darius no terminó la frase, percatándose de lo pomposo que sonaba. Pero era demasiado tarde.

–Ya, claro. Porque el dinero hace al hombre. ¿Crees que puedes comprarlo todo en la vida? Compraste mi virginidad y desde entonces has seguido comprándome de una forma o de otra. Con el matrimonio, con dinero. Cuando a mí el dinero no me interesa nada –la voz de Letty se convirtió en un suspiro–. Quien me interesaba eras tú, Darius. Soñaba contigo, con el chico maravilloso que fuiste una vez, con el hombre que pensaba que eras.

–Sigo siendo ese hombre. Iba a contártelo, pero no quería disgustarte...

–¡Mi padre está muriéndose!

–Tal vez he cometido un error, pero solo quería cuidar de ti.

–Y pensabas que te perdonaría.

Darius tragó saliva.

–Tú siempre perdonas.

Ella soltó una amarga carcajada.

–Qué conveniente, ¿no? Los tontos que te quieren tienen que perdonar, pero como tú no eres capaz de amar a nadie, no tienes que preocuparte por eso. Puedes hacer todo el daño que quieras.

No parecía su mujer, la dulce esposa que lo recibía con besos, la que se entregaba en cuerpo y alma y pedía tan poco a cambio.

Solo que perdonase a su padre. Eso era lo único que le había pedido. Y lo único que él le había negado una y otra vez.

Darius Kyrillos, que no temía a nada, empezó a sentir terror.

–Si me escuchas un momento...

–He guardado tus cosas en varias maletas y Collins te las llevará al ático –lo interrumpió ella–. No te preocupes, no voy a quedarme aquí para siempre. Puedes quedarte con Fairholme cuando... –se le quebró la voz– cuando nazca el niño. No quiero nada de ti después del divorcio. El niño y yo nos iremos de Nueva York.

–No puedes hablar en serio...

–Intenta detenerme –lo interrumpió ella–. Dijiste que mi padre era un monstruo, pero el único monstruo eres tú. Porque tú sabes lo que es perder a un padre. Esa era la razón de tu venganza, ¿no? Esa era la razón por la que no podías perdonar a mi padre. La razón por la que has querido apartarme de él y lo has dejado solo. Pues ¿sabes una cosa? Mi padre ha estado a punto de morir solo por tu culpa.

–Letty... –empezó a decir él, con el corazón encogido.

–No te acerques a nosotros. No quiero volver a verte en mi vida. Prefiero criar sola a mi hijo antes que darle un padre sin corazón como tú.

Después de eso cortó la comunicación y Darius miró el teléfono con el corazón en un puño.

Luego miró la cajita azul que descansaba sobre la mesa, el regalo que le había comprado para mostrarle su agradecimiento y su felicidad.

Podía oír el ruido de la lluvia cayendo sobre el tejado, como el sonajero de un niño.

Y se sintió totalmente solo.

Sabía que aquello iba a pasar. Sabía que, si bajaba la guardia, algún día sufriría y sentiría como si le hubieran arrancado las entrañas. Tuvo que apoyarse en el escritorio para mantener el equilibrio porque el dolor era casi insoportable.

Lentamente, como si hubiera envejecido cincuenta años, Darius salió del despacho.

–¿Todo bien, señor Kyrillos? –le preguntó Mildred–. ¿Va al hospital a ver a su mujer?

«Su mujer». Darius estuvo a punto de reírse. Nuca había sido su mujer de verdad. ¿Cómo podía serlo cuando sabía desde el principio que no podía amarla?

«Siempre decías que a un hombre se le mide por su dinero».

Miró la oficina, con sus paredes de ladrillo, sus altos techos, los empleados trabajando frente a los ordenadores. Nada le importaba ya.

–No –murmuró–. Quédate con la empresa, se terminó.

Y salió de la oficina sin mirar atrás.

Estaba solo. Siempre estaría solo y era hora de aceptarlo.

Volvió al ático y se detuvo frente al ventanal, mirando las luces de Manhattan brillando al otro lado. Pero él no veía más que oscuridad.

«Crees que puedes comprarlo todo en la vida».

Darius miró el impersonal ático, decorado por un profesional. Todo era negro o gris. Había comprado aquel sitio años antes como un trofeo para demostrar lo lejos que había llegado desde que era un niño pobre. Un trofeo para demostrarse a sí mismo que Letitia Spencer había cometido un terrible error cuando decidió que no valía lo suficiente como para casarse con él.

Pero aquel ático no era su hogar.

Su hogar era Fairholme.

Cerró los ojos, pensando en la mansión con sus ventanas emplomadas sobre la bahía. La rosaleda, la playa, la pradera donde había enseñado a Letty a bailar. Donde había aprendido a amar.

«Letty».

Abrió los ojos y contuvo el aliento.

Letty era su hogar.

Durante su breve matrimonio había sido más feliz que nunca en toda su vida.

«A mí el dinero no me interesa nada. Quien me interesaba eras tú, Darius. Soñaba contigo, con el chico maravilloso que fuiste una vez, con el hombre que pensaba que eras».

Letty estaba intentando proteger a su hijo de él. Como él había intentado proteger a Letty de su padre.

«Dijiste que mi padre era un monstruo, pero el único monstruo eres tú».

Darius apoyó la frente en el ventanal.

Howard Spencer había sido un buen hombre y un buen jefe para su padre. Siempre amable con todo el mundo, incluso con el chico de once años recién llegado de Grecia. Solo había cambiado cuando perdió a su mujer.

¿Cuál era su excusa? ¿Por qué había querido vengarse de Howard? Estaba tan decidido que ni siquiera le había importado hacerle daño a Letty.

Debería haberle contado la verdad desde el principio.

Debería caer de rodillas ante ella. Debería decirle que lo sentía, que haría lo que tuviese que hacer para recuperarla.

Se había convencido a sí mismo de que sus actos estaban justificados porque culpaba a Howard Spencer por la muerte de su padre.

Letty tenía razón, era un mentiroso. Y se había mentido a sí mismo más que a nadie porque, en el fondo de su corazón, siempre se había culpado a sí mismo por la muerte de su padre, pero enfrentarse a ello era demasiado doloroso.

Cerró los ojos, recordando algo que no había querido recordar durante casi una década.

Eugenios lo había llamado por teléfono.

–Lo he perdido todo, hijo –le dijo su padre con tono grave y desconcertado–. Acabo de recibir una carta certificada en la que dice que todo el dinero que invertí con el señor Spencer, todos mis ahorros, se han esfumado.

Darius estaba muy ocupado en su primera oficina alquilada, un sótano sin ventanas en Manhattan. Solo había dormido tres horas la noche anterior y era la primera vez que hablaba con su padre en dos meses, desde que Letty lo dejó. Escuchar su voz ese día le recordó todo lo que estaba intentando olvidar y una vida de resentimiento explotó de repente.

–Me imagino que es así como Howard Spencer te paga por tu lealtad. Así es como te paga por todos esos años en los que tu trabajo era lo único que te importaba, incluso más que tu propia familia.

Darius era tan joven y estaba tan convencido de tener razón... se ponía enfermo al recordarlo.

–Era mi obligación –a su padre le temblaba la voz–. No quería perder mi trabajo y volver a sentir otra vez lo que sentí aquel día, cuando te encontré en la puerta de mi casa. No tenía dinero ni trabajo. No podía dejar que mi familia se muriese de hambre. Tú no sabes lo que eso le hace a un hombre, no tener nada...

Su helada respuesta lo había perseguido desde entonces.

–Así que no tenías nada, ¿eh, papá? Bueno, pues mira, ahora tampoco tienes nada. Tú me ignoraste durante toda mi infancia y ahora no tienes nada. Tú no eres nada.

Y después de eso había cortado la comunicación.

Unas horas después, su padre había muerto de un infarto en su apartamento de Queens, donde un vecino lo encontró tirado en el suelo.

Darius apretó los puños.

Su padre nunca había sido cariñoso. En su infancia no había habido abrazos o elogios. Incluso las críticas eran raras, pero su abuela y él siempre estuvieron atendidos. Eugenios había cuidado de ellos. Había sido un ejemplo de ética en el trabajo. Se había esforzado mucho para darle a su hijo una vida mejor y él lo había despreciado.

Recordándolo en ese momento sintió una vergüenza insoportable.

No había querido recordar las últimas palabras que le había dicho a su padre y se había vengado de Howard Spencer, culpándole a él por la muerte de Eugenios.

Había pensado que, si nunca quería a nadie, no sufriría, y que, si era rico, sería feliz.

«Mírame ahora», pensó amargamente. Rodeado de dinero y más solo que nunca.

Echaba de menos a Letty.

La amaba.

Darius levantó la mirada, sorprendido.

Nunca había dejado de amarla.

Había intentado controlarla, poseerla, fingir que no le importaba. Había ocultado su amor como un cobarde, temiendo perderla otra vez, mientras Letty se lo entregaba todo generosamente.

¿Había pensado que era débil? Qué estupidez. Letty era la persona más fuerte que conocía. Le había ofrecido lealtad, amor, sacrificio. Le había ofrecido su corazón y su alma. Y, a cambio, él solo le había ofrecido dinero.

Darius se pasó las manos por el pelo, desesperado. Tenía razón, había intentado comprarla, pero el dinero no hacía al hombre.

El amor sí.

La amaba. Estaba loca, absolutamente enamorado de su mujer. Quería ser su marido, vivir con ella, criar a su hijo. Ser feliz. Formar un hogar con ella. Volver a Fairholme.

Pero ¿cómo? ¿Cómo podía demostrarle que tenía algo más que ofrecer? ¿Cómo podía convencerla para que lo perdonase?

Darius hizo una mueca. Perdón. Lo que él le había negado a Howard Spencer. Tendría que suplicar, pensó. Y lo haría. Por ella haría cualquier cosa. Con la misma determinación con la que había levantado su emporio, recuperaría a su mujer.

Durante el siguiente mes, lo intentó todo.

Sabía que el niño había nacido sano, que pesó tres kilos y medio y que tanto él como su madre estaban perfectamente. Lo había leído en Internet.

Darius había dado saltos de alegría, abrumado por el deseo de ir a verlo al hospital, de tener a su hijo en brazos, pero sabía que aparecer allí contra los deseos de Letty solo empeoraría la situación. De modo que, haciendo un esfuerzo sobrehumano, se contuvo. Compró todas las flores de una floristería y envió juguetes y regalos a la suite del hospital de forma anónima.

Y luego esperó. Pero no sirvió de nada.

Unos días más tarde descubrió que ella había enviado las flores, los juguetes y los regalos al ala de pediatría del hospital.

Pero no iba a cejar en su empeño. Se puso en contacto con Mildred y le pidió que enviase a Fairholme los pendientes que había dejado en su despacho.

Unos días más tarde, recibió una nota de agradecimiento de la señora Pollifax, diciendo que los pendientes habían sido vendidos y el dinero donado a una obra benéfica, un refugio para animales en Long Island.

Darius siguió intentándolo. Durante las semanas siguientes envió flores, regalos. El Día de Acción de Gracias hizo que le enviasen diez pasteles de su pastelería favorita.

Pasteles que, inmediatamente, fueron enviados a una casa de acogida para indigentes.

Cuando la lluvia de noviembre se convirtió en la nieve de diciembre, Darius empezó a perder la confianza. Una vez, en un momento de debilidad, fue a Fairholme por la noche.

Pero Letty tenía razón. Ni siquiera podía ver la casa desde la verja.

Después de eso dejó de enviar regalos. Y, cuando Letty siguió negándose a aceptar sus llamadas, también dejó de llamarla. Pero le escribía cartas... cartas sentidas en las que le abría su corazón. Esperó durante unas semanas hasta que todas le fueron devueltas. Sin abrir.

Su hijo tenía cuatro semanas y pensar en él lo ponía enfermo. No lo había visto, no lo había tenido en sus brazos. Ni siquiera sabía su nombre.

Su mujer quería el divorcio. Su hijo no tenía padre y él se sentía como un fracasado.

Quería recuperar a su familia.

Por fin, cuando se acercaban las Navidades, solo le quedaba una carta por jugar, pero cuando fue a ver a su abogado el hombre lo miró con cara de sorpresa.

–Si hace esto, señor Kyrillos, en mi opinión está usted loco.

Tenía razón, estaba loco. Pero aquella era su última esperanza.

¿Podría ser tan valiente? ¿Sería capaz de tirarse de cabeza y hacer algo que podría devolverle a la mujer a la que amaba o costarle todo?

La tarde de Nochebuena, Darius paseaba por el ático como un animal atrapado cuando sonó el teléfono. Y era el número de Fairholme.

Frenético, intentó contestar tan rápido que casi lo tiró antes de poder llevárselo al oído.

–¿Letty?

Pero no era su mujer. Quien lo llamaba era la última persona que se hubiera imaginado.

Capítulo 11

SON tus primeras Navidades –murmuró Letty mientras paseaba con su hijo en brazos por el gran salón de Fairholme. Se había puesto un largo vestido rojo para la cena de Nochebuena y el niño llevaba un adorable trajecito de Santa Claus.

Le había pedido a la señora Pollifax que hiciera los platos favoritos de su padre, patatas con jamón y pudin de ciruelas, con la esperanza de que comiese algo más de lo habitual. Incluso habían colocado la mesa en el gran salón, frente a la chimenea, para cenar bajo el enorme árbol de Navidad.

Quería que aquellas Navidades fuesen perfectas porque sabía que serían las últimas para su padre. El médico le había dicho el día anterior que estaba deteriorándose rápidamente y apenas le quedaban unas semanas, tal vez unos días.

Su único consuelo era haber hecho todo lo posible para que esas últimas semanas fueran especiales.

Miró el enorme abeto, decorado con una mezcla de adornos antiguos y nuevos. Algunos eran los adornos de su infancia y estaban allí, donde debían estar. Qué ironía pensar que debía agradecérselo a Darius. Sin él no estarían allí. Sin él, su padre no habría podido pasar sus últimas Navidades en Fairholme ni su hijo las primeras de su vida...

Todo era gracias a Darius.

Lo echaba de menos. Por mucho que se lo negase a sí misma, lo echaba de menos.

Cada vez que llegaba un regalo recordaba a su padre en el hospital, tan pálido y solo. Recordaba cómo Darius le había mentido de forma tan cruel. Se decía a sí misma que no amaba a un hombre que no la correspondía.

–Le odio. No quiero volver a verlo –dijo en voz alta. Pero ni ella misma se lo creía y se volvió hacia su hijo, mostrándole un adorno navideño, una paloma de tela que había hecho su madre–. Mira qué bonita.

Su hijo, al que Darius no conocía. Pensar eso la angustió como nunca. Había creído que hacía bien al apartarlo de su vida. No podía dejar que un hombre tan egoísta se acercase a su hijo. Aunque fuera su padre.

Pero Darius no conocía a su hijo, no lo había tenido en sus brazos, no había oído sus gorgoteos o sus gritos de protesta cuando tenía hambre. Se había perdido tantas cosas...

Desde que lo pusieron en sus brazos en el hospital, Letty había sentido que su corazón se llenaba de amor.

Darius no conocía ese sentimiento. Y era culpa suya.

Suspirando, metió al niño en el cochecito para dar un paseo por el jardín. Iba hacia la verja de entrada cuando le pareció ver un deportivo pasando por la carretera...

¡Darius! Prácticamente corrió hacia la verja, jadeando mientras empujaba el cochecito. Pero, cuando llegó, el coche había desaparecido y se quedó mirando la solitaria carretera durante unos minutos, oyendo el ruido de las olas golpeando la playa. Y se dio cuenta entonces de lo vacía que estaba la casa sin él.

Lo echaba de menos.

«No, no es verdad», se dijo a sí misma desesperadamente. Y si aún no había pedido el divorcio era porque no había tenido tiempo. Cuidar de su hijo recién nacido, atender a su padre y decorar la casa para Navidad la había tenido muy ocupada.

Letty hizo una mueca. Había dicho cosas que Darius nunca le perdonaría. Había usado todas sus ramitas de olivo como un puñal para clavarlo en su corazón.

Seguramente no era su coche. Seguramente ya se había olvidado de ella y, si volvía a saber de él, sería a través de su abogado para pedir la custodia del niño.

Entristecida, volvió a la casa y metió al niño en la cuna, encendió el monitor y salió al pasillo.

Le pareció escuchar voces en la habitación de su padre, la mejor de la casa, con vistas al mar, pero la voz masculina que oía hablando con él no parecía la de Paul, su enfermero. ¿Quién era? Frunciendo el ceño, Letty se acercó a la puerta.

–Sí –oyó que decía su padre–. Siempre fuiste un buen chico.

–No puedo creer que digas eso después de todo lo que ha pasado.

A Letty se le doblaron las rodillas. ¿Qué hacía Darius allí? ¿Cómo había entrado en la finca?

–No eres tan malo. Solo irritable, como tu padre. Eugenios era el mejor empleado que tuve nunca. Solíamos hablar sobre ti. Te quería mucho.

–Tenía una extraña forma de demostrarlo –el tono de su marido no sonaba amargo.

Howard se rio y luego empezó a toser.

–Los hombres de mi generación demostraban su cariño de otra manera.

–Pero Letty siempre supo que tú la querías.

–Yo no crecí con los miedos de tu padre –Howard hizo una pausa–. Recuerda que, desde los quince años, tuvo que cuidar de tu abuela. Y cuando apareciste tú perdió la oportunidad de trabajar en Grecia. Tuvo que emigrar...

–Lo sé.

–Su mayor miedo era no ser capaz de mantenerte –Howard suspiró–. Yo dejé a mi hija en la pobreza mientras pasaba años en prisión. Solo gracias a ti estamos de vuelta en Fairholme. Por eso te he llamado, te estoy muy agradecido.

–Entonces, convence a Letty para que se quede –le pidió Darius.

–¿Quedarse? ¿Dónde va a ir?

–Me dijo que se iría de aquí cuando... cuanto tú murieses.

Howard se rio.

–Qué típico de ella. Bueno, ahora que lo pienso, se parece mucho a ti.

Letty, apoyada en la pared, escuchaba la conversación con el corazón encogido.

–Siento mucho haberte culpado por la muerte de mi padre durante todos estos años –dijo Darius entonces–. No te odio, Howard. En realidad, me odio a mí mismo. Le dije cosas terribles a mi padre el día que murió y nunca me lo perdonaré.

–Fuera lo que fuera, estoy seguro de que tu padre te había perdonado. Él sabía que lo querías tanto como él te quería a ti. Estaba muy orgulloso de ti, Darius. Y viendo lo valiente que has sido al venir aquí, yo también estoy orgulloso de ti.

¿Su padre estaba orgulloso del hombre que la había tratado tan mal, que le había mentido? Sin darse cuenta, Letty dejó escapar un gemido.

Los dos hombres se quedaron en silencio durante unos segundos.

–Letty, sé que estás ahí. Entra, hija.

Ella solo quería salir corriendo, pero sabía que parecería tonta y cobarde, de modo que entró en la habitación.

Alto, de hombros anchos, imponente con un sencillo jersey y tejanos oscuros, Darius parecía irradiar fuerza, pero en sus ojos había un brillo de dolor.

–¿Qué haces aquí? –le espetó, con un tono cargado de rabia, de remordimientos, de pena.

–Ha venido a conocer a su hijo –respondió su padre.

–¡Papá!

–Y quiero que se quede a cenar.

Ella lo miró, perpleja.

–¡No!

–No vas a negarle a tu moribundo padre su último deseo, ¿verdad?

No, claro que no. Letty apretó los dientes.

–¡Me mantuvo apartada de ti durante meses! ¡Me ocultó que estabas enfermo!

–Tú también le has mantenido apartado de su hijo, cariño.

–Me gustaría conocerlo –dijo Darius–. Pero, si no quieres que me quede después, me marcharé.

Ella lo miró, desafiante.

–¿Te ha dicho el nombre del niño?

–No.

–Es Howard –Letty levantó la barbilla y se cruzó de brazos–. Howard Eugenios Spencer.

—Me parece bien, pero su apellido debería ser Kyrillos.

¿Solo estaba molesto por el apellido? ¿No porque su precioso hijo llevara el nombre de su odiado enemigo?

—Por favor, déjame ver a mi hijo —le rogó él.

—Deja que lo haga —la animó su padre.

Mirando de uno a otro, Letty supo que no podía hacer nada.

—Muy bien.

Salió de la habitación con las piernas temblorosas. Se lo había imaginado arrogante, furioso, fuera de sí. Por eso no había querido abrir sus cartas. ¿Para qué iba a hacerlo si sabía que iba a amenazarla?

Nunca se hubiera imaginado que Darius la miraría como la había mirado, con tanto anhelo, con tanta humildad. En sus ojos había una expresión que no había visto desde...

¡No! No iba a dejar que su tonto corazón le hiciese ver cosas que no existían.

Empujó la puerta de la habitación del niño, haciéndole un gesto para que la siguiera. Luego, cuando estaban frente a la cuna, Letty cometió el error de mirar a su marido.

Darius miraba a su hijo con tal expresión de amor, con tal ternura... Alargó una mano para acariciar su pelito oscuro.

—Mi hijo —susurró—. Mi niño.

Letty tenía un nudo en la garganta que casi la ahogaba. Y supo entonces que Darius no era el único al que se podía acusar de crueldad.

¿Qué había hecho?

Cegada de dolor y de rabia por las mentiras sobre su padre, había apartado a Darius de su hijo recién nacido. Durante seis semanas.

La angustia y el remordimiento le provocaron un torrente de dolor. Aunque Darius no la quisiera a ella, no tenía duda de que quería al niño. Y no tenía derecho a apartarlo de su hijo, pensó.

–Lo siento –susurró, con voz estrangulada.

–¿Lo sientes? –repitió él.

Letty asintió con la cabeza.

Darius puso una mano en su hombro y notó que el contacto la estremecía.

–Hay algo que debes saber.

Se miraron y Letty vio algo en sus ojos que hizo que el mundo temblase bajo sus pies.

Sabía que estaba a punto de decir algo que cambiaría su vida para siempre. Iba a decirle que no quería saber nada de ella. Había ganado y él se había rendido. Solo quería que hablasen como dos adultos razonables sobre la custodia de su hijo.

La rabia y el orgullo habían destruido su matrimonio. Se había dicho a sí misma que era mejor estar sola que casada con un hombre que no la quería, pero no podía soportar que él pronunciase las palabras que darían por finalizado su matrimonio.

–No –consiguió decir.

Se dio la vuelta para salir de la habitación y corrió escaleras abajo con el corazón acelerado.

–¡Letty!

Pero ella no se detuvo. Abrió la puerta y salió al jardín. Corrió, arrastrando su vestido rojo como una mancha escarlata sobre la nieve.

Pero Darius llegó a su lado y la agarró del brazo. Letty intentó apartarse, pero él no la dejó.

Sentía su calor, su poder. Sentía la fuerza de su propio anhelo por aquel hombre, al que seguía amando a pesar de todo.

–Suéltame.

–Perdóname –dijo Darius entonces, inclinando la cabeza–. Tenías razón, Letty. En todo lo que dijiste. Y lo siento muchísimo.

Ella lo miró, asombrada.

–¿Tú lo sientes? Pero te aparté de tu hijo.

–Hiciste bien al apartarme de tu vida –Darius tomó su cara entre las manos–. Te culpaba a ti y a tu padre. Culpaba a todo el mundo cuando el único responsable de todo soy yo.

–Darius...

–No, por favor, déjame terminar. No sé si tendré otra oportunidad.

A su alrededor todo era silencio en el jardín blanco, con la nieve cayendo suavemente. Letty tenía el corazón en la garganta. Iba a decirle que estarían mejor separados...

–Tenías razón –dijo él en voz baja–. He intentado comprarte. Pensé que el dinero era lo único que podía ofrecerte, que podría apoderarme de tu amor egoístamente mientras era tan cobarde como para proteger mi corazón, pero fracasé –Darius se rio amargamente–. La verdad es que fracasé hace mucho tiempo.

En sus ojos oscuros había un brillo sospechoso. Pero Darius Kyrillos, el implacable multimillonario griego, no podía estar llorando, ¿no? Debía de ser el viento.

–Te quería, Letty, pero me daba pánico. Perderte hace diez años estuvo a punto de destruirme y no quería volver a sentir lo que sentí entonces, así que enterré mi alma en hielo. Y luego, cuando volví a verte, cuando te llevé a mi cama por primera vez, todo cambió. Contra mi voluntad, el hielo empezaba a resquebrajarse, pero incluso entonces tenía miedo –tomando aire, Darius levantó la mirada–. Pero ya no tengo miedo.

–¿No lo tienes? –susurró ella, con el corazón encogido.

Él negó con la cabeza mientras tomaba su mano.

–Ahora sé que el amor no se acaba. El amor de verdad, quiero decir. El amor que tu padre siente por ti, el amor que tus padres sentían el uno por el otro, el que yo siento por ti –Darius apretó su mano–. Y aunque te divorcies de mí, aunque no quieras volver a verme, yo seguiré amándote. Y no me dolerá por todo lo que tú has traído a mi vida. Tú me has salvado, me has hecho sentir otra vez. Me has enseñado a amar otra vez –añadió, acariciándole la mejilla–. Da igual lo que pase, siempre te estaré agradecido. Y siempre te querré.

–¿Qué estás diciendo?

–Si sigues queriendo divorciarte de mí, no te hará falta un abogado –Darius sacó un papel del bolsillo de la camisa–. Léelo.

Ella desdobló el papel, mirándolo con cara de sorpresa. Intentó leerlo, pero las palabras se habían convertido en un borrón.

–¿Qué es esto?

–Todo –respondió él tranquilamente–. Fairholme, los aviones, las acciones, las cuentas corrientes. Todo ha sido transferido a tu nombre. Todo lo que poseo.

–Pero tú sabes que el dinero no significa nada para mí.

–Sí, lo sé. Pero tú sabes lo que significa para mí.

Sí, Letty sabía lo que su fortuna significaba para él. Significaba diez años de trabajo incansable, sin tiempo para relajarse o salir con sus amigos. Sin tiempo para hacer amigos. Significaba pedir dinero prestado que tendría que devolver aunque su negocio fracasara. Significaba arriesgarse y rezar para no perderlo todo.

Sus sueños se habían cumplido. Con trabajo, fuerza de voluntad y un poco de suerte, el chico pobre cuya madre lo había abandonado al nacer había levantado un emporio multimillonario.

Y eso era lo que ella tenía en sus manos.

—Pero no solo te ofrezco mi fortuna —dijo él en voz baja—. Te lo ofrezco todo. Toda mi vida. Todo lo que he sido, todo lo que soy. Te ofrezco mi corazón.

Letty se dio cuenta de que estaba llorando.

—Te quiero, Letitia Spencer Kyrillos —siguió él, con voz ronca—. Sé que he perdido tu amor, tu confianza. Pero haré todo lo que esté en mi mano para recuperarte. Aunque tarde cien años, jamás dejaré de intentarlo.

Letty dejó caer el papel sobre la nieve.

—No lo quiero. Solo te quiero a ti.

La felicidad que iluminó sus ojos era más brillante que el sol.

—No me lo merezco.

—Yo tampoco soy perfecta.

Él protestó, diciendo que lo era, perfecta en todos los sentidos.

—Da igual —sonriendo, Letty se puso de puntillas para besarlo—. Podemos amarnos el uno al otro con defectos y todo.

Darius la envolvió en sus brazos y la besó apasionadamente en el jardín cubierto de nieve. Y el beso se convirtió en una promesa que persistiría todos los días futuros de sol y nieve, en los buenos y en los malos tiempos, hasta la muerte.

Su amor era cosa del destino. *Moíra*.

–Yo nunca seré perfecto, eso seguro –murmuró Darius, tomando su cara entre las manos–. Pero quiero que sepas una cosa; por ti, pienso pasar el resto de mi vida intentándolo.

La primavera llegó temprano a Fairholme y Darius entró en la casa con un ramo de flores para su mujer. Había descubierto que el dinero no hacía al hombre. El hombre era lo que hacía con su vida, con su tiempo, con su corazón.

Su suegro había muerto en enero, rodeado por su familia, con una sonrisa en los labios. Antes de morir, los ojos de Howard se habían iluminado mientras murmuraba:

–Ah, ahí estás.

–Vio a mi madre antes de morir –le dijo Letty después, con sus preciosos ojos anegados en lágrimas–. ¿Cómo voy a estar triste cuando sé que están juntos?

Darius no estaba tan seguro, pero ¿qué sabía él? El amor hacía milagros y él era la prueba viviente de ello.

Miró a su alrededor, sintiéndose feliz. Fairholme estaba a punto de ser invadido por el resto de la familia Kyrillos. Había enviado su avión privado a Heraklios y al día siguiente llegaría su tía Ioanna junto con unos cuantos primos para quedarse durante un mes. El deseo de conocer a su nuevo sobrino nieto había hecho que, por fin, su tía abuela superase el miedo a viajar en avión.

El amor estaba por todas partes. El amor lo era todo. Su hijo solo tenía cinco meses, pero ya había recibido regalos desde el otro lado del mundo. Su mujer hacía eso, pensó. Unía a todos con su lealtad y su buen corazón. Era el centro de su mundo.

—¡Letty! —la llamó.

—Está fuera, señor Kyrillos —respondió el ama de llaves desde la cocina—. El niño y ella han ido a merendar a la pradera.

Darius salió al jardín, donde los tulipanes y los narcisos empezaban a florecer. Recorrió el sendero de hierba hasta llegar a la pradera donde había enseñado a su mujer a bailar, donde ella le había enseñado a soñar.

Y se detuvo.

El cielo sobre la verde pradera era de un azul brillante y, a lo lejos, podía ver el mar. Y el precioso rostro de Letty, iluminado de alegría, mientras le cantaba una canción en griego a su hijo, a quien había puesto el sobrenombre de Howie, meciéndolo en sus brazos. Tras ellos, sobre una manta, se encontraban una cesta de merienda, juguetes y viejos libros de cuentos. Y en ese momento, como siempre, Letty estaba bailando. Letty estaba cantando.

Letty era amor.

La imagen de su mujer y su hijo atrapó su corazón y se preguntó qué había hecho para merecer tanta felicidad.

Luego, apresurando el paso, corrió a reunirse con ellos.

Bianca

De sencilla secretaria...
a su esclava bajo sábanas de satén

Ricardo Castellari siempre ha visto a Angie como su callada secretaria... hasta que ella se pone un vestido rojo de seda que le marca todas las curvas. ¡A partir de ese momento, Ricardo no puede apartar los ojos de ella! Angie no puede negarse a una noche de exquisito placer con Ricardo. Pero, cuando regresa a la oficina, se siente avergonzada. Intenta dejar el trabajo. Sin embargo, Ricardo tiene otra idea en mente... Antes de dejar su empleo, Angie deberá dedicarle unos días más como su amante...

PASIÓN EN
LA TOSCANA

SHARON KENDRICK

Acepte 2 de nuestras mejores novelas de amor GRATIS

¡Y reciba un regalo sorpresa!

Oferta especial de tiempo limitado

Rellene el cupón y envíelo a
Harlequin Reader Service®
3010 Walden Ave.
P.O. Box 1867
Buffalo, N.Y. 14240-1867

¡Si! Por favor, envíenme 2 novelas de amor de Harlequin (1 Bianca® y 1 Deseo®) gratis, más el regalo sorpresa. Luego remítanme 4 novelas nuevas todos los meses, las cuales recibiré mucho antes de que aparezcan en librerías, y factúrenme al bajo precio de $3,24 cada una, más $0,25 por envío e impuesto de ventas, si corresponde*. Este es el precio total, y es un ahorro de casi el 20% sobre el precio de portada. ¡Una oferta excelente! Entiendo que el hecho de aceptar estos libros y el regalo no me obliga en forma alguna a la compra de libros adicionales. Y también que puedo devolver cualquier envío y cancelar en cualquier momento. Aún si decido no comprar ningún otro libro de Harlequin, los 2 libros gratis y el regalo sorpresa son míos para siempre.

416 LBN DU7N

Nombre y apellido	(Por favor, letra de molde)
Dirección	Apartamento No.
Ciudad	Estado	Zona postal

Esta oferta se limita a un pedido por hogar y no está disponible para los subscriptores actuales de Deseo® y Bianca®.
*Los términos y precios quedan sujetos a cambios sin aviso previo.
Impuestos de ventas aplican en N.Y.

SPN-03   ©2003 Harlequin Enterprises Limited

Olvida mi pasado
Sarah M. Anderson

Matthew Beaumont no quería que los escándalos arruinaran la boda de su hermano, pero Escándalo era el segundo nombre de Whitney Maddox. Había permitido que la extravagante actriz y cantante asistiera a la boda con la condición de que se comportara. Pero había acabado siendo él el que no había sabido guardar las formas con la irresistible dama de honor.

Decidida a enterrar su pasado, Whitney hacía años que llevaba una vida tranquila. Sin embargo, después de acabar en los fuertes brazos de Matthew por culpa de un tropiezo, no había podido dejar de imaginar una no-che de pasión con el padrino.

El padrino podía ser el regalo perfecto,
un regalo que podía ser para siempre

¿Sería posible romper las reglas del compromiso?

Cuando Cristiano Marchetti se declaró a su antigua amante, Alice Piper, el compromiso tenía fecha de caducidad. Bastaba que permanecieran seis meses casados para satisfacer las condiciones impuestas en el testamento de su abuela. Pero el próspero hotelero tenía una agenda oculta: vengarse de Alice por haberlo abandonado siete años atrás

Alice necesitaba la seguridad económica que le podía proporcionar su enemigo, pero cada uno de sus enfrentamientos se convertía en una tentadora oportunidad. Y a medida que iba descubriendo al hombre que se ocultaba bajo una coraza de aparente frialdad, empezó a preguntarse si no sería posible recorrer el camino al altar como mucho más que la esposa temporal de Cristiano.

UNA TENTADORA OPORTUNIDAD

MELANIE MILBURNE